I0768769

Morgans Liebesbeweis

CHRIS KENISTON

Indie House Publishing

Indie House Publishing

KAPITEL EINS

„Ich gehe mit und erhöhe um zwei." Eileen Farraday warf ihre Chips auf den Tisch. Weitere Chips landeten klappernd im Pot. Ihre Karten waren schon den ganzen Morgen über heiß gewesen. Sie wagte es nicht, sich zu bewegen. Aus Angst, ihr Glück könnte schwinden, erlaubte sie sich nicht einmal, zur Damentoilette zu rennen. Grandma Siobaughn hatte immer gesagt: *Wenn du gesegnet bist, ändere nichts.* Aber dieser kleine Spruch war nicht in Stein gemeißelt. Ihre gesegnete Großmutter war nämlich auch dafür bekannt, beim Kartenspielen aufzustehen und herumzulaufen, um ihr Glück zum Besseren zu wenden.

„Royal Flush." Mit einem breiten Grinsen breitete Ruth Ann ihre Karten aus und wartete triumphierend darauf, dass die anderen ihre Karten zeigten.

„Mist." Sally May schlug ihre Karten auf den Tisch. „Ich dachte, du bluffst."

Eileen war ebenfalls darauf hereingefallen. Wer hätte gedacht, dass Ruth Ann eine der wenigen Hände haben würde, die ihren Vierling schlagen könnte?

„Oh mein Gott." Dorothy, eines der Gründungsmitglieder des Tuckers-Bluff-Ladies-Club, zeigte mit ihren Karten auf die Tür.

Groß, schlank, mit einer Sonnenbrille, die fast so groß war wie ihr Gesicht, und einem Hut, der an einen glamourösen Star aus einem Film aus den Fünfzigern erinnerte, stand eine Frau in der Tür des Cafés und ließ ihren Blick diskret durch den Raum schweifen.

Die gut gekleidete Blondine erinnerte Eileen an ihre Nichte Meg an dem Tag, als sie nach Tuckers Bluff gekommen war. Zu hübsch und zu aufgebrezelt, um irgendwo aus dieser Gegend zu kommen. „Ich frage mich, wer sie ist."

„Neue Lehrerin?", schlug Abbie vor, während sie ihre Kaffeekaraffe hochhielt und jede der Frauen mit hochgezogenen Brauen anblickte, stumm fragend, ob sie mehr möchten oder nicht. „Ich habe gehört, dass sie in den nächsten Tagen in der Stadt eintreffen sollte. Und in Megs Bed-and-Breakfast übernachten wird, bis sie eine feste Wohnung findet."

„Wenn sie die neue Grundschullehrerin ist, habe ich dieses Jahr meinen fünfundzwanzigsten Geburtstag gefeiert." Sally May warf Abbie einen Blick zu. „Keine Frau, die täglich mit kleinen Kindern arbeitet, würde so gekleidet hier auftauchen, als wäre sie vom Cover eines Pariser Modemagazins gefallen. Nicht einmal, wenn wir *in* Paris wären."

„Und schon gar nicht im staubigen Viehland von West-Texas." Dorothy nickte. „Beim ersten Anzeichen von klebrigen Fingern oder einem klecksenden Magic Marker würde diese Frau nach Hause rennen."

„Nun, es sieht so aus, als würden wir es gleich herausfinden." Eileen deutete mit dem Kopf auf ihre Nichte Joanna, die durch die Tür kam und den Neuankömmling begrüßte. Alles, was Eileen brauchte, war Zeit, um eine Portion ihrer Kürbis-Brownies zuzubereiten, und fünf Minuten allein mit Finns Frau, und schon hätte sie die ganze Geschichte, einschließlich der Blutgruppe der Fremden. *Ja. Neugier war nicht dieser Katze Tod.*

„Nun, was haben wir denn hier." Dorothy blickte zum Seitenfenster. „Vielleicht solltest du dir das ansehen, Eileen."

Weil sie wissen wollte, was Dorothy entdeckt hatte, wandte sie ihren Blick von den beiden Frauen ab, die noch immer an der Tür standen, und schaute aus dem Seitenfenster. Gray, der wunderschöne Wolfsmischling, der jetzt auf der Ranch lebte, saß den Kopf zur Seite geneigt am Rand des Parkplatzes und blinzelte sie an. „Was zum Teufel macht er den ganzen Weg hier draußen?"

„Vielleicht hat er sich auf der Ladefläche deines Trucks versteckt", schlug Ruth Ann vor.

„Vielleicht." Ihr Gesicht verzog sich nachdenklich. „Aber das glaube ich nicht."

„Du willst doch nicht sagen, dass Gray wieder zu seinen alten Tricks greift?", entgegnete Sally May leise.

Alle vier Köpfe wandten sich der großen Blondine zu.

„Vielleicht." Eileen musterte den Neuankömmling aufmerksam. *Aber für wen?*

Morgan Farraday beobachtete aufmerksam, wie Meg auf die zwei Holzbalken starrte, die bis gestern die Rückwand des kleinen Familienwohnzimmers gebildet hatten. Den heutigen Vormittag hatte er damit verbracht, die Rigipsplatten und den Putz von dem einzigen Hindernis zu reißen, das zwischen dem neuen Wintergarten und dem stand, was bald eine vergrößerte Wohnung für ihre und Adams wachsende Familie sein würde.

„Wow, einfach wow." Meg wirbelte herum und schlang ihre Arme um seinen Hals, küsste seine Wange und hüpfte praktisch von ihm weg, um erneut auf den größtenteils offenen Raum zu starren. „Das wird großartig.“

„Es ist deine Vision.“ Morgan lächelte die Frau seines Cousins an. Meg war eine kluge und kompetente Geschäftsfrau, die zufällig eine unglaublich nette Lady war – und das perfekte Gegenstück zu seinem Cousin Adam. Der entzückte Ausdruck und das Grinsen, das sich von einer Seite ihres Gesichts zur anderen erstreckte, waren die beste Bestätigung für einen gut ausgeführten Plan. Er liebte es, Menschen glücklich zu machen und die Renovierungsträume eines Hausbesitzers wahr werden zu lassen. Umso besser, wenn der Hausbesitzer zur Familie gehörte. „Jetzt hast du genügend Platz für alle Sachen von Fiona.“

„Da wäre ich mir nicht so sicher. Wer hätte gedacht, dass ein so kleines Ding so viel … Zeug brauchen würde.“ Sie kicherte und blickte weiterhin auf den neuen offenen Raum, anstatt sich zu ihm zu drehen. „Wann werden die Träger entfernt?“

„Jetzt.“

„Wirklich?“ Aufgeregt drehte sie sich wieder um und lächelte noch strahlender als im Moment zuvor.

„Der neue Stützbalken steht bereits, also brauchen wir die nicht mehr. Willst du helfen?“

„Bist du sicher?“

Er unterdrückte ein Lachen, zog seinen Hammer aus der Metallgürtelschlaufe und streckte grinsend seinen Arm aus. Im Handumdrehen waren die Balken verschwunden und Meg stand stolz da und bewunderte den wirklich geräumigen Raum. Kaum war die Tat vollbracht, waren hinter ihnen schwere Schritte zu hören.

„Hat dir schonmal jemand gesagt, wie sexy du mit einem Schutzhelm aussiehst?“

„Nicht das ich wüsste.“ Morgan lachte seinen Cousin Adam an, der seine Frau anstarrte, als wären sie gerade erst frisch verheiratet. Was war es nur mit der jungen Liebe und dieser Seite der Familie? Bei diesen beiden sah es so einfach aus, verliebt zu sein. Er hatte vor langer Zeit gelernt, dass Ambitionen und Chaos irgendwann siegten und dass das Leben – sein Leben – allein viel einfacher war.

Meg verdrehte die Augen, nahm ihren Helm ab und reichte ihn Morgan. „Danke. Das hat Spaß gemacht."

Spaß? Das musste eine Premiere sein. Er kannte nicht viele Frauen, die Spaß an Abrissarbeiten hatten. Wäre es ein anderer Ort und eine andere Zeit, hätte Morgan sich gefragt, ob Meg eine ledige Schwester hatte. Auch wenn das boomende Baugewerbe, das ihn durch seinen ganzen Staat zog und wie jetzt sogar nach West-Texas, Zeit für eine Frau in seinem Leben lassen würde, hatte er seine Lektion gelernt. *Täusche mich einmal, Schande über dich. Täusche mich zweimal, Schande über mich.* Solch besondere Frauen wie Meg liefen einem nicht täglich über den Weg. Nicht ohne Haken. Komplizierte Haken.

Adam näherte sich seiner Frau, legte seinen Arm um ihre Taille, zog sie an sich und küsste sie sanft auf die Lippen. „Im Ernst, du siehst großartig aus und das Zimmer auch."

Megs Augen funkelten ihren Mann an.

Der einfache Austausch von Liebe und Zuneigung fühlte sich seltsam persönlich an. Morgan richtete seinen Blick auf die umgestürzten Pfosten und untersuchte sie kurz, bevor er es wagte, seine Aufmerksamkeit wieder seinem Cousin und der jetzt fehlenden Wand zuzuwenden.

Meg tätschelte den Arm ihres Mannes und drehte sich zu Morgan um. „Ich bin so froh, dass du deckenhohe Fenster anstelle von typischen Rahmen-fenstern vorgeschlagen hast."

Ihre überschäumende Begeisterung schob sein

Unbehagen beiseite und erinnerte ihn noch einmal daran, warum er froh war, hier zu sein. „Als du erwähnt hast, wie wichtig Licht für dich ist, war das eine Selbstverständlichkeit."

„Sieht gut aus." Sein Bruder Ryan kam aus dem Flur. „Bald musst du Fiona nicht mehr den ganzen Weg zu Onkel Sean und Tante Eileen schleppen, um dem Baulärm zu entgehen."

Meg wand sich auf der Stelle. „Ich bin mir nicht sicher, ob das Tante Eileen gefallen wird, selbst wenn sie Fiona heute Becky für eine Weile überlassen musste, damit sie das Kartenspiel nicht verpasst."

Ryan schüttelte den Kopf. „Tante Eileen spielt wirklich Poker in einem Café?"

„Gewissenhaft." Adam kicherte.

„Nun", Ryan zuckte mit den Schultern, lächelte und schüttelte den Kopf, „nur noch ein paar Tage und wir gehen euch nicht mehr auf die Nerven."

Die lockere Stimmung, die den Raum erfüllt hatte, wurde ernster. Seit Morgan letztes Weihnachten die Brandsanierung in Chloes Haus durchgeführt hatte, suchte er ständig nach einem guten Grund, mehr als ein Wochenende in Tuckers Bluff zu verbringen. Als Adam sich an ihn wandte und ihm erklärte, dass sie nicht aus dem Bed-and-Breakfast ausziehen wollten, obwohl sie etwas mehr Platz brauchten, nutzten Morgan und sein Bruder die Chance, sich auf der Ranch eine Zeit lang bei diesem Teil der Farradays einzuquartieren. Vielleicht hätten er und Ryan nicht so hart und schnell arbeiten sollen.

Meg verzog das Gesicht. „Ich möchte euch wissen lassen, dass wir euch beide sehr gerne um uns haben. Außerdem, ich bin mir nicht so sicher, ob es Tante Eileen gefallen wird, wenn sie nicht jeden Tag ihr Baby bekommt, aber sie hat erwähnt, dass sie das große Bad auf der Ranch erneuern möchte. Sie sagt, es sei Zeit für eine ebenerdige Dusche."

„Tatsächlich", Adam zeigte mit dem Finger auf ihn, „sind Brooks und Allison fast so weit, um mit der nächsten Phase des Krankenhauses zu beginnen."

Ryan kicherte. „Ihr versucht doch nicht, uns in Texas festzuhalten, oder?"

„Natürlich nicht", wiederholten Adam und Meg schnell.

Adam trat einen Schritt vor und nickte von einem Bruder zum anderen. „Es war wirklich schön, euch wieder hier zu haben." Zweifellos dachte Adam an all die verlorenen Jahre zwischen den beiden Farraday-Clans. Ähnliche Gedanken und Gefühle gingen auch ihm durch den Kopf, da er es so einfach fand, mit seinen Cousins genau dort weiterzumachen, wo sie als Teenager aufgehört hatten.

„Seht uns nicht so an." Ryan schüttelte den Kopf. „Es war wirklich toll, den Kontakt wieder aufzufrischen. Wir kommen wieder öfter vorbei, versprochen. Dennoch werde ich das nagende Gefühl nicht los, dass es weniger eine Frage von Angebot und Nachfrage ist, uns hierher zu holen, um zu helfen, als vielmehr Teil eines meisterhaften Plans von Tante Eileen, die einzigen verbliebenen Farraday-Junggesellen zu verheiraten."

Adam hustete und Meg schlug ihm leicht gegen den Arm.

„Was?" Adam zuckte mit den Schultern, als er seine Frau ansah. „Der Mann könnte recht haben."

Lächelnd schüttelte Ryan heftiger den Kopf. „Ich bin froh, dass alle verheirateten Farradays so glücklich sind. Das bin ich wirklich, aber zufällig bin ich gerne Single. Ich kann gehen, wohin ich will, wann ich will. Was mich daran erinnert." Er wandte sich an Morgan. „Owen und Pax gehen dieses Wochenende mit ein paar Jungs auf die Jagd. Glaubst du, dass du den Rest hier ohne mich zu Ende bringen kannst?"

Mit verschränkten Armen nickte Morgan. Er war nicht so darauf bedacht wie Ryan, nach Hause zu eilen. Das Leben war gut zu ihm gewesen. Sehr gut. In den letzten Jahren hatte er nicht ein einziges Mal gedacht, dass in seinem Leben etwas fehlte. Bis er nach Tuckers Bluff zurückgekehrt war. Und auch wenn er sich nicht für die subversiven Partnervermittlungspläne interessierte, die seine Tante vielleicht im Sinn hatte, gefiel ihm die Idee, so lange wie möglich hier zu bleiben.

„Hallöle", rief Becky.

Das alte Sprichwort über das laute Klappern kleiner Füße war absolut wahr. Morgan drehte sich um, als die weibliche Stimme von unten rief, und konnte auch schon die kleinen Schritte hören, die über die Holzböden tapsten und zweifellos auf dem Weg zur Treppe waren.

„Erwischt." D.J.s Stimme drang die Treppe hinauf, gefolgt vom Kichern ihrer Tochter Katie, offiziell Caitlin Helen Farraday.

Alle Erwachsenen im dritten Stock gingen nach unten. Meg war die erste Person, die das Erdgeschoss erreichte, und holte ihr kleines Mädchen aus den Armen ihrer Schwägerin. Fiona und Katie, die nur ein paar Monate auseinanderlagen, verstanden sich wie eineiige Zwillinge. Es war ein Riesenspaß, den beiden dabei zuzusehen, wie sie Seite an Seite die Welt um sie herum erkundeten. Mehr Spaß, als er noch vor ein paar Monaten gedacht hätte.

„Vielleicht müssen wir darüber nachdenken, ein Gitter im ersten Stock anzubringen, auch wenn es für die Gäste etwas umständlich ist." Adam schüttelte den Kopf, als seine Nichte ihr Bestes tat, um sich aus den Armen ihres Vaters zu befreien.

„Tut es nicht wegen Katie. Wir sind nicht oft genug

hier und bevor ihr euch verseht, rennt sie wie eine olympische Athletin ohne Aufsicht die Treppe hinauf." D.J. setzte sein Mädchen ab, den Arm bereit, bei Bedarf zuzuschnappen, um den geölten Blitz wieder einzufangen.

Morgan erwartete, dass sie wieder direkt auf die untere Stufe zusteuern würde, und war überrascht, als Katie stattdessen in seine Richtung stürzte und ihre Arme nach ihm warf.

„Na, hallo." Nach ein paar Wochen mit einem Haufen Kleinkindern hatte sich Morgan mit der Routine ziemlich vertraut gemacht. Zuerst spielte er *Wessen Bauch ist das* und kitzelte ihren Bauch, dann spielten sie *Flugzeug*, bei dem er sie über seinen Kopf hielt und sie hin und her bewegte, bis sie so laut kicherte, dass jeder im Raum mitlachen musste.

Während D.J.s kleine Caitlin die Abenteuerlustige war, war Adams Fiona die Kuschlerin. Sie war immer froh, ihren Kopf an die Schulter von jemandem zu legen und einfach nur die Menschen um sie herum zu beobachten und von ihnen zu lernen, besonders ihrer Cousine. Wie jetzt. Irgendwann gab sie ihrer Neugier nach und wandte sich an Onkel Morgan.

„Das machst du für einen Junggesellen wirklich gut." Beckys funkelnde Augen blieben auf ihre Tochter gerichtet, während Morgan sie hoch über seinem Kopf hielt.

„Ich lerne schnell." Er zog Katie an sich und rieb ihren Bauch mit seinem Kopf. Ihr Kichern brachte ihn und alle anderen Erwachsenen ebenfalls zum Lachen.

Seine Cousins hatten tatsächlich den Hauptpreis des Lebens gewonnen. Morgan war schon immer von seiner Familie umgeben gewesen. Er und seine Brüder standen sich sehr nahe. Damit war er zufrieden gewesen, aber jetzt wurde er das Gefühl nicht los, dass er etwas ganz Besonderes verpasste. Natürlich hatte er sich nach dem College genauso gefühlt, als er einen Ring für Carolyn gekauft hatte. Und alle wussten, wie gut das ausgegangen war.

Der Hut war definitiv übertrieben. Andererseits war die heiße Sonne von Texas das ebenfalls. Als blondes Kind mit lilienweißer Haut, das an den Stränden Südkaliforniens aufwuchs, hatte Valerie Moore nicht lange gebraucht, um zu erkennen, dass die Sonne definitiv nicht auf ihrer Seite war. Übertreibung hin oder her, Hüte waren ihre Freunde.

„Valerie?" Eine zierliche, dunkelhaarige Frau mit einem Lächeln, so strahlend wie die Sonne von Texas, blickte zu ihr auf.

„Joanna?"

Die Frau streckte ihre Hand aus. „Willkommen in Tuckers Bluff."

„Danke." So weit, so gut. Joanna war persönlich genauso angenehm wie am Telefon.

Eine Kellnerin schlich sich mit einem ebenso strahlenden Grinsen an Joanna heran. Da sie aus Kalifornien kam, waren freundlich lächelnde Menschen nichts Ungewöhnliches, aber diese Leute sahen alle wie Grinsekatzen aus. Vielleicht lag es an der Hitze.

„Nun, das ist eine schöne Überraschung." Die Kellnerin umarmte sie kurz.

„Hey." Jo erwiderte die vertraute Umarmung, drehte sich um und winkte Val zu. „Valerie, das ist meine Cousine Abbie."

„Freut mich, Sie kennenzulernen." Abbie nickte.

„Ist mir ein Vergnügen", antwortete sie und versuchte, ihrem eigenen Lächeln etwas Schwung zu verleihen.

„Da ich in der Stadt bin, dachte ich, ich könnte später mal vorbeischauen und Brendan besuchen – und natürlich auch Jamie."

„Natürlich." Die Frau lachte. „Wenn du kommst, schau unbedingt nach, ob er zu Hause ist oder das Baby ins Pub mitgenommen hat, obwohl es für Jamie schwieriger ist, zu arbeiten, seit Brendan krabbelt."

Baby? Ins Pub? Vals Blick wanderte von einer Frau zur anderen. Sicherlich musste es einen guten Grund für ein Baby in einem Pub geben. Auf die Schnelle fiel ihr nichts ein, aber sie kam zu dem Schluss, dass es ein verrückter Grund sein musste, und fragte sich dann, ob er sogar verrückt genug war, um das Ganze in eine Sitcom zu verwandeln. Sie schüttelte im Geiste den Kopf und holte tief Luft. Niemand mochte eine verzweifelte Produzentin. Schade, denn die möglichen Eskapaden drehten sich in ihrem Kopf bereits wie eine Filmrolle im Zeitraffer.

„Alles okay?", fragte Joanna sie.

„Was? Ja. Warum?"

„Du schüttelst den Kopf."

„Oh." Val lachte. Ihre Mimik und Gestik hatten ihre Gedanken schon ein paarmal zu oft verraten. „Tut mir leid, ich habe etwas gegrübelt."

„Ah." Joanna ließ wieder dieses blendende Texas-Lächeln aufblitzen.

„Tisch oder Nische?" Abbie schnappte sich eine einzelne Speisekarte.

„Nische. Hinten."

„Gut." Joannas Cousine nickte, führte sie zu einer Ecknische mit etwas Abstand zum nächsten Tisch und reichte Val eine Speisekarte. „Es sollte noch etwa eine Stunde lang nicht überfüllt sein."

„Danke."

Kaum hatte sie ihr Getränk bestellt und erkannt, dass Joanna und fast alle anderen in der Stadt keine

Speisekarte brauchten, klingelte ihr Telefon und Aufregung schoss durch ihren Körper. „Da muss ich rangehen. Entschuldigst du mich?"

„Natürlich."

Auf der Suche nach Privatsphäre schlängelte sie sich durch die Tische in den hinteren Flur, kam an einer freistehenden Leiter vorbei und überlegte kurz, wer mitten in einem Flur eine Leiter zurückließ. Sie hielt ihr Telefon ans Ohr und überlegte, ob sie sich in die Damentoilette zurückziehen sollte. Doch bei ihrem Glück, war jede Kabine besetzt und es würde im ganzen Raum laut hallen, wenn alle Besucher gleichzeitig spülten. Sie drehte dem Essbereich den Rücken zu, steckte einen Finger in ihr anderes Ohr und vergrub ihr Gesicht in der dunklen Ecke. „Was haben sie gesagt?"

Marilyn, ihre beste Freundin seit dem ersten Jahr an der UCLA und Drehbuchautorin einer der heißesten Serienadaptionen im Kabelfernsehen, hatte ihre Verbindungen genutzt, um Vals letzte Idee anzupreisen. Sie hatte gehofft, dass ihre Bemühungen mit einem Insider an ihrer Seite vielleicht Früchte tragen würden. „Nein."

Mist. Davor hatte sie Angst gehabt. Ihre Stirn schlug gegen die harte Wand. Drei Serien vorgeschlagen, drei Serien abgelehnt. Sie konnte es ihnen nicht verdenken, sie war von ihrem letzten Projekt auch nicht besonders begeistert gewesen, aber der Ausstieg aus dem Reality-TV-Business war ihre beste Chance auf das Voranbringen ihrer Karriere. Schade, dass das sonst niemand so sah.

„Bist du noch da?"

„Ja."

„Entschuldigung. Der Wechsel in dieser Branche ist nicht einfach."

Gott, wenn sie das nicht wusste. Sie hatte gehofft,

Joanna davon überzeugen zu können, ihr die Serienrechte an ihrem neuen Buch zu übertragen. Doch nach diesem erneuten Rückschlag stellte sich die Frage, ob es überhaupt eine Rolle spielte, wie gut die Geschichte war, die sie daraus machen könnte, wenn man sie lediglich als Reality-TV-Autorin wahrnahm.

„Sie wären interessiert, wenn du ein frisches Konzept für eine neue Hausrenovierungsshow entwickeln würdest."

Und erneut, war nicht genau das das Problem? Auf wie viele Arten könnte ein Produzent alte Häuser noch renovieren?

„Die Umbaushow mit all diesen Retro-Stars war ein Hit. Vielleicht sollten wir so etwas versuchen?"

„Das wäre aber nichts Neues, oder?"

„Das ist Hollywood. Improvisiere."

„Leichter gesagt als getan." Wenn sie nur bei ihrem schwindenden Kontostand improvisieren könnte. Sie hob den Kopf und atmete langsam aus. „Ich bin beim Mittagessen. Lass uns später reden."

„Hört sich gut an. Ruf an, wenn du zurück in LA bist."

„Wird erledigt." Sie kniff die Augen zusammen und sprach ein stilles Gebet. Ihr Bauchgefühl sagte ihr, dass Joanna Farradays Buch die Antwort auf all ihre Probleme enthielt.

Mit geöffneten Augen wirbelte sie herum, überrascht von dem blendenden Lichtstrahl, der aus einem entfernten Fenster fiel. Sie machte einen kurzen Schritt, blinzelte und machte noch einen, bevor ihr Zeh mit etwas Hartem in Berührung kam. Ihr Blick fiel auf den Boden und sie versuchte immer noch zu erkennen, was sich direkt vor ihr befand. Wer hatte die Leiter bewegt?

„Sorry." Die Stimme war tief und sehr männlich.

Ihr Blick hob sich. „Kein Problem ..." Die Worte versiegten in ihrem Mund. Auf der einstmals leeren

Leiter, tauchten, direkt in ihrem Blickfeld, in Jeans gekleidete, perfekt gerundete stählerne Pobacken auf. Ein muskulöses Bein stieg eine Stufe hinab, was den Jeansstoff enger um diesen stählernen Po zog. Hätte sie auch nur einen Tropfen Speichel im Mund gehabt, hätte sie gesabbert.

„Entschuldigung", brummte er.

Langsam fiel ihr Blick auf seine Lederstiefel, dann zurück auf das wohlgeformte Gesäß und hinauf zu einer Gürtelschnalle in der Größe des ganzen Staats Texas.

„Ich muss runter."

Runter? Wieder einmal wanderte ihre Konzentration auf und ab, bevor ihr Gehirn schließlich begann, auf Hochtouren zu laufen, als ihr klar wurde, dass sie ihm im Weg stand. Sie trat einen Schritt zurück und ihr Mund verband sich mit ihrem Gehirn. „Es tut mir leid. Ich habe Sie nicht hereinkommen hören."

„Sie waren am Telefon. Es schien wichtig, aber ich hatte nur ein paar Minuten und habe Abbie versprochen, einen Blick auf das Licht zu werfen."

„Ja." Die einzelne Silbe war nicht ganz die passende Antwort, aber der fast hypnotische Klang seiner Stimme hatte sie erneut aus der Bahn geworfen. Zusammenhängende Sätze zu bilden, war einfach nicht möglich.

Als er schließlich auf dem Boden war, steckte er einen Schraubenzieher in eine Tasche, die an seiner Hüfte hing. So wie er die Hand an seine Stirn hob, glaubte sie fast, er wollte seinen nichtexistierenden Hut antippen. „Danke. Einen schönen Tag noch."

Ein Lächeln breitete sich auf seinem Gesicht aus. Sie blickte in tiefblau funkelnde Augen und zum zweiten Mal in nur wenigen Augenblicken wurde ihr Mund ganz trocken. Irgendwie schaffte sie es *Dir auch* zu murmeln, während er die Leiter zusammenklappte, sie hochhob und sich umdrehte, um wegzugehen. Der Schraubenzieher, und wer weiß was sonst noch, klimperte bei jedem seiner Schritte. Kein Wunder, dass der Sender eine Renovierungsshow wollte. Diesem Mann könnte sie jeden Tag bei der Arbeit zusehen.

KAPITEL ZWEI

„**D**as Licht ist repariert. Die Erdung war locker." Morgan schob die Leiter in den Abstellraum.

„Danke vielmals." Abbie hielt ihm einen Teller mit einem Stück von Franks holländischem Apfelkuchen hin.

„Keine Zeit. Ryan fährt heute Nachmittag nach Hause. Ich werde die Arbeiten an Adams und Megs Haus alleine zu Ende bringen."

„Ich kann immer noch nicht glauben, wie viel ihr beide in so kurzer Zeit erreicht habt. Wir hätten dich gebrauchen können, als Brooks und Allison das alte Herrenhaus in ein Krankenhaus umbauten."

Hätten er und seine Brüder das gewusst, hätten sie sich gerne Zeit für ein solches Projekt geschaffen. Dabei wäre es nicht nur um die Familie gegangen, denn er wusste, wie wichtig gute Gesundheitseinrichtungen für ländliche Gebiete waren. Obwohl Tuckers Bluff seit seiner Kindheit enorm gewachsen war, war die Stadt in West-Texas immer noch von schrecklich viel Nichts umgeben. Und Kühen. „Ich sollte besser los."

„Nun, lass mich dir den Kuchen wenigstens zum Mitnehmen einpacken. Und vielleicht etwas vom heutigen Hackbraten dazugeben?"

Morgan schüttelte den Kopf. „Auf den Hackbraten verzichte ich. Meg hat bereits ein für einen König geeignetes Mittagsmenü zusammengestellt, aber vielleicht schaffe ich es noch, den Apfelkuchen als Nachmittagssnack hineinzuschummeln."

Er wusste nicht, wie aus einer so zierlichen Frau so tiefes Gelächter kommen konnte, aber Abbies Belustigung brachte auch ihn zum Lachen. Das war eine der Sachen, die er an der Zeit bei diesem Zweig der Farradays so genoss. So sehr er seine Mutter auch liebte, ihre Natur neigte eher zu Ernsthaftigkeit. Sie schien einfach nicht die innere Freude zu haben, die er hier in Texas an jeder Ecke finden konnte.

Auf halbem Weg zur Tür winkte er seiner Tante zum Abschied kurz zu, anstatt für eine ordentliche Verabschiedung anzuhalten. Die Frau nahm ihr Pokern ernst. Außerdem war es nicht so, dass er sie heute Abend nicht zum Abendessen auf der Ranch sehen würde. Er warf einen Blick nach links, bevor er nach der Türklinke griff und die auffällige Blondine aus dem Flur entdeckte. Genauso wie zuvor, als er den Kopf gehoben und ihr in die Augen geblickt hatte, zog sich jetzt sein Magen zusammen und sein Herz schien über sich selbst zu stolpern. Doch sein Gehirn ermahnte ihn, dass genau dies die Art von Frau mit großen Ambitionen war, die zu jenen Komplikationen führte, die er nicht brauchte.

Die auffällige Blondine aß gerade mit der Frau seines Cousins Finn zu Mittag. Morgans Körper drehte sich, verlagerte seinen Schwerpunkt und programmierte die Richtung seiner Schritte neu. Er setzte einen Fuß vor den anderen, bevor sein Gehirn ihn erneut anschrie. Egal wie faszinierend seine Reaktion auf die Fremde war, er hatte Arbeit zu erledigen, und das ließ keinen Raum für eine Ablenkung durch eine Frau.

„Etwas vergessen?" Abbie stand neben ihm.

„Nein." Er schüttelte seinen Blick von der Frau ab, deren Namen er nicht einmal kannte. „Für einen Moment dachte ich vielleicht, aber nein. Bis später."

Er hatte es nach draußen und zum Truck geschafft, bevor er dem Drang nachgab, zurückzublicken. Mit der Hand an der Oberkante der Fahrertür warf er einen Blick zum Fenster des Cafés. Schade, dass er den Appetit auf Komplikationen verloren hatte. Sie waren das Risiko einfach nicht wert.

Valerie hatte ihre ganze Kraft gebraucht, um das Restaurant nicht nach dem gutaussehenden Elektriker zu durchsuchen.

Joanna deutete mit der Hand durch das Lokal. „Ich weiß, es sieht nicht nach viel aus, aber glaub mir, das Essen ist köstlich."

„Das glaube ich gern." Sie hatte tatsächlich schon in genügend Kleinstädten entlang der kalifornischen Küste gegessen, um zu wissen, dass beim Essen nicht nur das Aussehen zählte, aber ihre Gedanken kreisten noch immer um ihre Reaktion auf diesen Mann, weswegen sie sich nicht auf die Speisekarte konzentrieren konnte.

„Wer hätte gedacht, dass ein mürrischer ehemaliger Marine ein geniales Irish-Stew zubereiten kann."

Marine? Aßen die nicht nur Notrationen und Dosenfleisch?

„Schau nicht so erschrocken. Der Hackbraten des Manns ist ein Genuss."

„Ich denke, ich werde einen einfachen gemischten Salat nehmen." Sie legte die Speisekarte beiseite und setzte ihren Plan fort. „Wie ich in meinen E-Mails erwähnt habe, erhielt ich ein Vorabexemplar deines neuen Buches und ich liebe deine Art zu schreiben."

„Ja? Danke. Ich war ein wenig nervös, als ich von der historischen zur zeitgenössischen Fiktion wechselte."

„Das war unnötig. Manche Menschen sind gute Schriftsteller, manche sind gute Geschichtenerzähler, und du bist beides. Und du hast bewiesen, dass du zwei völlig unterschiedliche geschichtliche Zeitperioden bewältigen kannst."

„Es hat viel Spaß gemacht, über beide Perioden zu schreiben. Hast du vor, während deines Aufenthalts die Geisterstadt zu besuchen?

„Wenn ich Zeit habe." Leider schien Zeit im Moment das Einzige zu sein, das sie im Überfluss hatte, weshalb sie auf diese Option zurückgreifen würde. „Serien erfreuen sich großer Beliebtheit."

Joanna nickte.

„Ich denke, dein Buch könnte fürs Fernsehen oder sogar fürs Kino adaptiert werden."

Joannas Mund klappte auf und schnappte wieder zu, als sie das donnernde Geräusch von krachendem Metall auf Metall hörte, das aus der Küche hallte. Abbie, die nur wenige Meter entfernt stand, rannte unverzüglich durch die Doppeltür. Auf der anderen Seite des Cafés kratzten Stühle laut über den Parkettboden, als vier ältere Frauen der Besitzerin nacheilten.

„Das hörte sich nicht gut an." Valerie behielt die Küchentüren im Auge.

„Es hörte sich schlimm." Schon halb aus der Nische, wollte Joanna sofort loslaufen, als die Doppeltür aufflog.

Abbie kam vorbei und wedelte mit den Armen. „Tut mir leid wegen dem Lärm, Leute. Nehmt Platz. Ich bin gleich bei euch."

„Nun, ich denke, das ist ein gutes Zeichen, aber ich frage mich, was zum Teufel das war." Der Art und Weise nach zu urteilen, wie sie ihre Lippen fest zusammenpresste und auf der Stelle herumrutschte, schien Joanna jeden Gedanken an Bücher oder

Filmrechte beiseitegeschoben zu haben und es kaum erwarten zu können, sich die Sache selbst anzusehen.

„Wenn du nachsehen möchtest, was …" Valeries Worte verstummten, als eine attraktive ältere Frau in Jeans und Cowboystiefeln an den Tisch kam.

„Keine Ahnung, warum, aber Abbies neues Regalsystem, in dem all ihre Töpfe und Pfannen sowie das meiste Geschirr untergebracht sind, ist kaputt gegangen. Gott sei Dank stand zu diesem Zeitpunkt niemand daneben."

„Oh, meine Güte." Joanna verlagerte ihre Position. „Ich weiß welches du meinst. Das ist ein riesiges Regal."

„Überall liegen jetzt Töpfe. Es sieht aus, als wäre eine Bombe explodiert. Der Aufprall hat sogar noch Dinge aus anderen Regalen fallen lassen. „Es ist ein schreckliches Durcheinander", fügte die andere Frau hinzu, bevor sie überhaupt bemerkte, dass Val neben Joanna saß. „Es tut mir leid. Ich bin Eileen Farraday."

„Valerie Moore."

„Wo sind meine Manieren?" Joanna schüttelte den Kopf. „Das ist die Tante meines Mannes."

„Mach dir keine Sorgen." Eileen tätschelte den Arm ihrer Nichte. „Ich habe Morgan angerufen. Er war nur ein kleines Stück die Main Street hinunter. Er dreht schnell um und kommt zurück. Ich gehe besser hin und helfe, das Chaos zu beseitigen, damit er das Regal reparieren kann. Bis später."

Bevor irgendjemand ein Wort sagen konnte, drehte sich Joannas Tante um und sprintete fast in die Küche.

„Willst du helfen? Wir können uns später weiter unterhalten."

„Wollen ja, aber ich werde bleiben." Joanna griff nach ihrem Getränk.

„Bist du sicher?"

Joanna hielt das Glas in der Hand und nickte. „Es

würde mich nicht wundern, wenn Tante Eileen nicht lange vor Morgans Ankunft alles in Ordnung gebracht hätte."

Die altmodische Glocke über der Tür ertönte und als Valerie den großen, in Jeans gekleideten Texaner sah, wurde ihr plötzlich klar, wer Morgan war. „Der Elektriker."

„Das ist der Cousin meines Mannes aus Oklahoma, Morgan. Ich nehme an, er macht auch Elektrik. Er und seine Brüder sind Bauunternehmer. Er, Ryan und Quinn erledigen das Handwerkliche." Joanna zuckte mit der Schulter. „Ich glaube, einige der anderen Brüder sind im geschäftlichen Teil der Baufirma tätig."

Baufirma? In ihrem Hinterkopf begann sich eine Idee zu formen. Wenn die anderen Brüder wie Morgan aussahen, eröffneten sich Möglichkeiten für etwas *Neues*. Eine ganze Truppe gutaussehender Männer mit Cowboyhüten könnte die Erneuerung eines Hühnerstalls ohne Probleme wie faszinierendes Fernsehen erscheinen lassen.

Wieder einmal klingelte es über der Tür und so sicher ihr Name Valerie Moore war, so überzeugt war sie, dass der gutaussehende Mann in Jeans und Cowboyhut, der mit einem tiefen Stirnrunzeln in die Küche eilte, einer der anderen Oklahoma-Bauunternehmer-Cousins sein musste. Bauunternehmer – Konstrukteur – Construction. *Construction Cousins*. Oh, wenn der dritte Bruder in dasselbe Schema fiel, würde sie den Reality-TV-Show-Jackpot gewinnen. Das Konzept, dass Brüder Häuser renovieren, war zwar nicht gerade neu, aber wenn zwei schon gut waren, mussten drei besser sein. Nicht wahr?

„Wie auch immer, um deine Frage zu beantworten: Ich habe darüber nachgedacht, ein zweites Buch über Sadieville und seinen Verfall zu einer Geisterstadt zu schreiben."

Geisterstadt. Ein Licht flackerte in ihrem benebelten Gehirn auf und ihr Blick wanderte zurück zu den geschlossenen Türen, durch die die beiden Männer erst vor wenigen Minuten gerast waren. Kleine Details fügten sich wie eine Reihe Dominosteine aneinander. Ihr Bauchgefühl hatte mit Joanna recht gehabt. Es war nur das falsche Buch gewesen. Sie würde sich immer noch eine Option auf die zeitgenössische Geschichte wünschen, die eine großartige TV-Familiensaga oder einen Film ergeben würde, aber das Gold lag für sie in diesen Cousins und der Geisterstadt. In einem Punkt hatten die Fernsehgesellschaftsgrößen und ihre vermögenden Investoren recht. Wenn es um Reality-TV ging, kannte sie sich aus und konnte einen Kassenschlager schon von weitem erkennen. Ob es ihr gefiel oder nicht, es war an der Zeit zu akzeptieren, dass sie zu dieser Seite des Geschäfts gehörte. Einige beliebte Retro-TV-Shows hatten vielleicht ein berühmtes altes Haus umgestaltet. Aber wie viele Produzenten hätten vorgeschlagen, dass drei gutaussehende Kerle eine alte Geisterstadt, oder was davon übrig war, wieder zum Leben erweckten?

„Ich dachte, du wolltest nach Hause?" Morgan betrachtete die Berge aus Töpfen und Pfannen und verschiedenen Kochutensilien, die auf dem Küchenboden verstreut waren, und drehte sich zu seinem Bruder um.

„Ich wollte gerade losfahren, als ich hörte, dass es ein Problem gab." Ryans Blick wanderte schnell über das Durcheinander, bevor beide die aufgerissene Wand betrachteten.

Morgan steckte einen Finger in eines der großen

Löcher in der aufgerissenen Rigipsplatte und zog ein Stück Plastik heraus.

„Was ist los?" Außer Atem stürmte Jamie durch die Tür. Besorgte Augen huschten durch die Küche

Er hatte kaum Zweifel daran, wonach Jamie suchte. Morgan deutete mit dem Daumen über die Schulter in Richtung Hintertür. „Deine Frau ist gerade mit Tante Eileen nach draußen gegangen, um ein paar Mülleimer hereinzuholen."

Sofort überkam Jamie Erleichterung. „Ich habe nur gehört, dass es im Café einen Notfall gab. Was zum Teufel ist passiert?"

Morgan streckte seine Hand aus. „Wer auch immer die Regale angebracht hat, die gefühlt Hunderte von Kilo professioneller Küchenausrüstung tragen sollten, hielt es nicht für notwendig, Rigipsdübel zu verwenden oder sie in einem Stützbalken zu verankern."

„Oh mein Gott." Jamie schüttelte den Kopf und beugte sich vor, um eine Pfanne vom Boden aufzuheben und sie auf einen seitlich versetzten Stapel zu stellen. „Selbst ich weiß, dass man für so schwere Dinge keine Plastikdübel verwendet."

„Ich gehe zurück zu Meg und hole mir ein paar Platten, um die Wand auszubessern." Morgan schlug die Hände zusammen. „Abbie braucht ihre Küche sicherlich dringend."

„Wir fangen besser an." Ryan zog an einem zerrissenen Stück herabhängender Rigipsplatte.

„Nein." Morgan deutete mit dem Arm auf den Sack voll Müll, den Tante Eileen bereits beiseite gefegt hatte. „Wir haben jede Menge Hilfe. Du fährst wie geplant nach Hause. Umarme Mom von mir."

Ryan zögerte und sein Blick wanderte von der zerfetzten Wand zu dem Durcheinander um ihn herum.

„Geh", wiederholte Morgan.

„Er hat recht." Jamie nickte. „Ich habe Brendan an

Joanna übergeben. Lass mich ihn holen und bei Meg absetzen, dann komme ich zurück, um zu helfen."

„Siehst du?" Morgan winkte seinem Bruder zu. „Geh. Wir haben das im Griff."

Die zu einer dünnen Linie zusammengepressten Lippen ließen Ryans Unentschlossenheit deutlich auf seinem Gesicht erkennen.

„Auf geht's." Tante Eileen kam durch die Hintertür und schleppte einen großen grauen Mülleimer. „Wir werden die Trümmer in kürzester Zeit beseitigt haben."

„Ich habe noch einen." Abbie folgte ihrer Tante. „Und eine Kiste mit robusten Müllbeuteln."

Als hätte er seine Frau seit einem Monat nicht mehr gesehen, eilte Jamie um seine Tante herum und umarmte Abbie innig.

Abbie schlug ihm spielerisch auf die Hüfte und zog sich zurück. „Es war ein Regal – nicht das Dach – und ich war nicht in der Nähe, als es einstürzte."

„Spielt keine Rolle. Du, oder die Wand, haben mir eine Heidenangst eingejagt."

Abbie lächelte süß und küsste die Wange ihres Mannes.

„Ich muss ein paar Sachen aus meinem Truck holen." Morgan unterdrückte selbst ein Lächeln. In Tuckers Bluff kursierte definitiv eine Art Liebesepidemie. „Ich werde auf dem Weg nach draußen Joanna fragen, ob sie Brendan zu Meg und Adam bringen kann, damit du gleich loslegen kannst."

Tante Eileen beugte sich bereits vor und warf Trümmer in die Mülltonne, als sie über ihre Schulter rief. „Gute Idee. Je früher wir das klären, desto besser. Und du", sie wandte sich an Abbie, „kümmerst dich wieder um die Kunden. Jamie, wenn du hier übernimmst, gehe ich in den Lagerraum und schaue, ob ich die richtige Farbe zum Streichen finde, sobald Morgan die Wand ausgebessert hat. Bis morgen früh wird niemand wissen, was passiert ist."

Wie Rekruten, die Befehlen folgen, nickten alle und strömten aus. Er hatte nur ein paar Jahre im Corps gedient, aber lange genug, um zu wissen, dass seine Tante einen hervorragenden Drill-Sergeant abgegeben hätte. Ohne auch nur den geringsten Zweifel daran, dass sie die Art Anführerin wäre, deren Truppen für sie in die Hölle und zurück marschieren würden. Und warum auch nicht? Jedes einzelne Mitglied des Farraday-Clans, er selbst eingeschlossen, würde dasselbe tun.

Am anderen Ende des Cafés war Joanna aufgestanden und ein kleiner Junge, der je einen Finger ihrer Hände umklammerte, watschelte einen langsamen Schritt nach dem anderen vor ihr her. Dem breiten Grinsen auf ihrem Gesicht nach zu urteilen, genoss sie den kleinen Spaziergang genauso sehr wie der abenteuerlustige kleine Junge.

Nicht weit hinter ihr stand die Blondine aus dem Flur und beobachtete die beiden. Ihr Lächeln war breit und funkelnd und ließ ihre Augen auf eine Art glitzern, die ihm sagte, dass sie gerade viel glücklicher als nach ihrem Telefonat im Flur war.

Ryans Stimme hallte laut durch das Café. „Ich habe nicht erwartet, dich hier zu sehen."

Morgan ebenfalls nicht. Er war davon aus gegangen, dass Neil mit seinen anderen Geschwistern an dem Wochenendausflug teilnehmen würde. Anstatt zu Joanna zu gehen, schwenkte er direkt auf seine Brüder zu.

„Ich schätze, du machst dieses Wochenende nichts mit den Jungs?" Ryan hatte bereits eine Hand an der Klinke der Vordertür und war bereit, zu fliehen.

Mit dem Hut in der Hand schüttelte ihr Bruder Neil den Kopf. „Verdammt nein. Wenn ihr alle bewaffnet seid und herumballert, denke ich, dass ich in Texas sicherer bin."

„Das kannst du laut sagen." Morgan klopfte seinem jüngsten Bruder auf die Schulter. Eigentlich war Ryan, wie alle Brüder, ein ausgezeichneter Schütze, doch mit dreizehn Jahren hatte ein hormongesteuerter Ryan sich vom Anblick von Mary Lou Keller in ihrem neuen Bikini ablenken lassen. Anstatt die Kammer zu leeren, bevor er seine Waffe weglegte, hatte er ein Loch in den Warmwasserspeicher geschossen und das Erdgeschoss überschwemmt. Natürlich würden er und seine Brüder dafür sorgen, dass Ryan das nicht vergaß, bis er graue Haare und dritte Zähne hatte. „Außerdem hätte ich nichts gegen ein zusätzliches Paar Hände."

Neil nickte. „Das habe ich mir schon gedacht. Als ich hörte, dass Ryan über das Wochenende nach Hause fahren würde, schien es mir eine ziemlich gute Idee zu sein, für ein paar Tage zu Besuch zu kommen."

„Keiner von uns hätte erwartet, dass Abbies Küchenregale umfallen und den Großteil der Wand mit sich reißen würden."

Mit runden Augen blickte Neil in Richtung der Küchentüren. „Jemand verletzt?"

„Nein." Morgan schüttelte den Kopf. „Nur ein paar verbeulte Töpfe."

In diesem Moment schwang die Küchentür weit auf, und Tante Eileen kam zu ihnen hinüber, wobei sie ihre Ärmel hochkrempelte. Sie wischte sich den Staub von den Händen, bevor sie damit ihren Neffen in einer hastigen, verscheuchenden Bewegung zuwinkte, und dann wortlos kehrtmachte und zurück in die Küche stampfte.

„Sieht so aus, als wäre Tante Eileen im Drill-Sergeant-Modus." Neil hängte seinen Hut an den nächstgelegenen Haken.

„Sag Hallo zu Onkel Morgan", überredete Joanna Brendan. Der kleine Junge blieb vor Morgans Füßen stehen und warf die Arme nach oben.

„Schön, dich zu sehen, Partner." Morgan wollte das Baby gerade kitzeln, als Brendan Neil entdeckte und sich so heftig in die Richtung seines Onkels warf, dass Morgan fast den Halt verlor. Kleinkinder hatten definitiv eine Menge Schwung in ihren Bewegungen.

„Whoa, Partner", schnaubte Neil, als er den energiegeladenen kleinen Jungen auffing.

Brendan legte eine flache Hand auf Neils Wangen und begann, sie zu streicheln und zu kichern. Eine weitere Sekunde später war das Gesicht seines Onkels wieder vergessen, und Brendan war in das auffällige blonde Frauengesicht vertieft, das der Interaktion fasziniert folgte.

Eines musste Morgan dem Jungen lassen: Er hatte auf jeden Fall einen guten Frauengeschmack.

KAPITEL DREI

Wie viel Glück konnte ein Mädchen haben? Valerie hätte fast vor Freude gequietscht, als sich herausstellte, dass der hübsche Cowboy, der ihr ins Auge gefallen war, ein weiterer Farraday war. Also waren alle drei Brüder gutaussehende Kerle. Das Bauchgefühl, das immer dann zum Leben erwachte, wenn eine brillante Idee Gestalt annahm, wägte nun nicht mehr die verschiedenen Möglichkeiten ab, sondern schrie geradezu Blockbuster.

Der kleine herumtapsende Neffe warf seine Arme nach ihr. In die Gedanken vertieft, die ihr durch den Kopf gingen, war sie dadurch so überrascht, dass sie ihn fast nicht erwischt hätte. „Oh, du bist ja goldig."

„Das tut mir leid." Der dritte Bruder richtete Brendan auf, sodass er ihn ganz in seine Hände schließen konnte, und setzte ein betäubendes Lächeln auf. „Ich bin Neil Farraday. Entschuldigen Sie die Dreistigkeit dieses kleinen Kerls. Er hat eindeutig einen guten Geschmack."

„Valerie Moore. Es gibt nichts zu entschuldigen. Die Anziehung beruht auf Gegenseitigkeit." Sie streckte ihre Arme aus, und mit einem breiten Grinsen auf den pausbäckigen Wangen warf sich der kleine Brendan erneut in ihre Richtung.

Der Klang einer eindeutig männlichen Stimme, die sich räusperte, lenkte ihre Aufmerksamkeit von dem kleinen Jungen ab.

„Wir wurden nicht richtig vorgestellt. Ich bin Morgan Farraday.

Der Klang seiner Stimme ließ ihre Zehen kribbeln. Wenn warmer, köstlicher Honig einen Klang hätte, wäre es die Stimme dieses Mannes. „Freut mich, Sie kennenzulernen. Erneut."

Ein sanftes, träges Lächeln ließ ein Grübchen auf jeder seiner Wangen entstehen. Mit einem festen Grinsen drehte sich Morgan zu Joanna um. „Jamie hat sich gefragt, ob es dir etwas ausmachen würde, Brendan zum Spielen zu Meg mitzunehmen, damit Jamie beim Aufräumen helfen kann."

Joanna presste ihre Lippen fest zusammen und flüsterte: „Ich bin mitten in …"

Das Baby gurrte fröhlich in Valeries Armen und grinsend wandte sie sich an Joanna. „Wir können unser Gespräch später beenden. Ich helfe gerne dabei, diesen Kerl zu unterhalten."

„Wir könnten in den Park gehen", schlug Joanna vor.

Brendan drehte sich um und blickte sie stirnrunzelnd an, als hätte er das Gespräch verstanden und Einwände gegen ihre Pläne erhoben.

„Oder nicht." Joanna lachte.

„Oder nicht", stimmte Valerie zu. „Ich glaube, er mag die vielen Leute hier."

„Wenn ihr das im Griff habt", Morgan trat einen halben Schritt zurück, „ich muss zum Bed-and-Breakfast und etwas Material holen."

Neil zog seine Jacke aus und krempelte die Ärmel hoch. „Ich bin bereit zu helfen."

„Sie sind auch im Baugewerbe tätig?" Valerie zählte ihre Glückssterne, bis Neil den Kopf schüttelte.

„Nicht genau."

Morgan zeigte mit dem Daumen auf seinen Bruder. „Er ist der Bleistiftschubser der die Geschäfte vorantreibt."

„Buchhalter?" Valerie fragte sich, ob es eine Möglichkeit gab, Buchhaltung in einen Traum zu verwandeln.

„Architekt. Ich erledige die gesamte Designarbeit, aber es macht mir nichts aus, mir die Hände schmutzig zu machen."

Morgan war bereits zwei Schritte näher an der Tür und warf seinem Bruder einen ungeduldigen Blick zu. „Willst du deinen ganzen Lebenslauf erzählen?"

„Nein." Neil zwinkerte Valerie zu und eilte hinter Morgan her. „Wir sprechen später."

Man konnte nicht leugnen, dass die beiden zwei gutaussehende Männer waren. Vor allem ihr Elektriker. Der Bleistiftschubser hatte ein umwerfendes Lächeln, das jede Frau aus der Fassung bringen konnte, aber irgendetwas an dem Elektriker zog sie an und ließ sie nicht mehr los. Offensichtlich waren alle Brüder aus dem gleichen Guss. Groß, gutaussehend und zum Träumen. Alles perfekt für Reality-TV-Stars. Und wenn sich der Rest ihrer Idee problemlos zusammenfügte, würde ihre Karriere noch viel besser werden. Sie schob das Baby höher auf ihre Hüfte und blickte Joanna an. „Erzähl mir mehr über diese Geisterstadt."

„Niemand würde jemals glauben, dass diese Küche noch vor ein paar Stunden wie ein Kriegsgebiet ausgesehen hat." Abbie stemmte die Hände in die Hüften und nickte zustimmend.

„Die Farbe ist noch feucht, aber wir wollten mit der Montage der Regale nicht bis morgen warten." Morgan wischte sich die Hände an einem alten Lappen ab und steckte ihn in seine Gesäßtasche. „Jetzt müssen wir nur noch das Zeug vom Boden wegräumen, bevor jemand über einen Suppentopf stolpert und sich das Genick bricht."

„Das machen wir." Frank, der Koch, stellte einen Teller mit seinem beliebten Hackbraten auf den Tresen, damit die Kellnerin ihn abholen konnte, und trat vom Herd zurück. „Seit der Installation wollte ich das Regal schon neu einräumen, und jetzt ist der richtige Zeitpunkt, mich darum zu kümmern. Ich denke, Abbie wird mir zustimmen, wenn ich sage, dass ihr euch ein großes Bier verdient habt."

Ein schönes kühles Bier nach einem anstrengenden Arbeitstag war definitiv einer der Vorteile des Besuchs bei der texanischen Seite ihrer Familie. Schließlich besaß niemand in Oklahoma ein eigenes Irish Pub. „Bist du sicher?"

„Absolut." Frank klopfte Morgan auf die Schulter und deutete mit dem Arm auf Neil, der neben dem Waschbecken ein paar Werkzeuge aufräumte. „Ihr habt euren Teil getan."

Abbie durchquerte mit einem Stapel Teller im Arm die Küche, um sie in das Regal zu stellen.

„Das gilt auch für dich." Frank schob den Stapel an eine neue Stelle in einem anderen Regal. „Es ist Zeit für euch alle, Feierabend zu machen. Donna ist seit zwanzig Minuten hier. Also raus aus meiner Küche."

Morgan hatte den unerwarteten Impuls, dem Koch zu salutieren. Doch stattdessen begnügte er sich mit einem einfachen: „Ja, Sir".

„Was habe ich dir darüber gesagt, mich Sir zu nennen? Ich bin kein Offizier."

Abbie zuckte leise zusammen und Neil schüttelte den Kopf. Morgan wusste es besser, aber manche Gewohnheiten ließen sich nur schwer ablegen.

„Kommt schon, Leute, er hat recht. Drüben gibt es wahrscheinlich ein paar Pubstühle mit euren Namen drauf und ich habe einen kleinen Jungen, der auf seine

Mama wartet. Lasst uns hier abhauen."

Es hatte nicht lange gedauert, bis sie ihre letzten Werkzeuge zusammengepackt hatten und sich einig waren, dass es zu dieser Zeit keinen Sinn machte, ins Bed-and-Breakfast zu gehen, weshalb ein schnelles Bier eine gute Idee war, bevor sie zur Ranch aufbrechen würden. Und offenbar waren sie nicht die Einzigen mit dieser Idee gewesen. In einer der hinteren Ecken, wo es kaum genug Licht gab, um die eigene Nase zu sehen, hatten Tante Eileen und der Ladies-Club ein weiteres Pokerspiel organisiert.

„Da seid ihr ja." Tante Eileen winkte sie herbei. „Eine letzte Runde, dann machen wir uns auf den Heimweg. Ich habe einen Schmorbraten im Slow Cooker."

Plötzlich fing Morgans Magen an zu knurren. Erst als das Wort Schmorbraten gefallen war, hatte er erkannt, wie hungrig er war, obwohl er sich nicht daran erinnerte, dass er das Mittagessen hatte ausfallen lassen.

Während Morgan und sein Bruder ein paar Stühle an den Tisch neben ihrer Tante zogen, stellte Jamie zwei Bier vor ihnen ab. „Ich kann euch gar nicht sagen, wie sehr ich das, was ihr heute getan haben, schätze."

„Bei dir hört es sich an, als hätten wir Rom im Alleingang an nur einem Tag erbaut." Neil schnappte sich eine langhalsige Bierflasche und prostete seinem Cousin zu. „Danke."

„Das hättet ihr genauso gut tun können. Ihr könnt euch nicht vorstellen, wie es ist, alles außerhalb der Öffnungszeiten zu sanieren. Wenn ihr beide nicht in der Stadt wärt, hätten wir es selbst gemacht. Es wäre erledigt worden", er starrte sie an, „aber nicht so schnell oder so gut wie ihr das gemacht habt."

„Gern geschehen." Morgan tippte seinem Cousin die Bierflasche mit der gleichen Dankesgeste entgegen wie sein Bruder.

An der gegenüberliegenden Seite des Pubs kam Joanna aus dem Flur. Auf dem Weg zu seinem Auto, um Material zu holen, hatte Morgan heute Nachmittag ein oder zwei Mal bemerkt, dass Joanna und ihre Freundin immer noch im Café waren. Als er das letzte Mal nach draußen gegangen war, um Abbie nach der Farbe zu fragen, hatte er bemerkt, dass sie verschwunden waren und konnte nicht umhin, sich zu wünschen, dass es kein so hektischer Tag gewesen wäre. Als die blonde Frau gegen seine Leiter gestoßen war, war er leicht verärgert gewesen, dass sie ihn nicht bemerkt hatte. Denn wie kann jemand eine zwei Meter hohe Leiter übersehen, auf der ein fast zwei Meter großer Mann stand? Als sein Blick auf ihr gelandet war, war Verärgerung jedoch das Letzte, was er empfunden hatte.

„Wer hätte gedacht, dass ein zehn Monate altes Kind so viel Energie haben kann?" Joanna brach auf dem Sitz neben ihm zusammen.

Sein Blick wanderte zum Flur, in Erwartung einer weiteren Person, die seiner Cousine folgte. Er hoffte, dass ihm die Enttäuschung nicht anzusehen war, als er aufgab und sich wieder Joanna zuwandte.

„Ich meine, es ist nicht so, dass ich keine Zeit mit den Kleinen verbracht habe, aber normalerweise sind es nur hier und da ein paar Minuten. Höchstens eine halbe Stunde. Ich weiß nicht, wie die Leute das den ganzen Tag machen …"

„Und das auch noch ein paar Jahrzehnte", ergänzte Neil.

„Nun." Joanna griff nach einer Cola, die Jamie vorbeigebracht hatte. „Ich glaube nicht, dass sich selbst die hingebungsvollste Mutter so lange an ihr Kind klammern würde."

„Du kennst meine Mutter nicht." Neil zuckte mit

den Schultern. „Kleine Kinder haben kleine Sorgen, große Kinder haben große Sorgen. Anfänglich ging es darum, ob wir beim Laufenlernen hinfallen, uns beim Footballspielen verletzen, im College das falsche Mädchen kennenlernen oder die richtige Frau finden. Sie behält ihre Söhne gerne im Auge, egal wie alt sie sind, obwohl sie inzwischen wahrscheinlich bereit wäre, uns mit einer Möchtegern-Lucrezia Borgia zu verheiraten, wenn das bedeutet, dass sie endlich Enkelkinder bekommt.“

„Ja.“ Morgan stimmte zu. Das beschrieb seine Mutter sehr gut. Die Frau war eine ewige Kriegerin. Sie würde den süßen Duft einer Rose vermissen, während sie sich um die Dornen sorgt. Rosen brachten seine Gedanken zurück zu der Blondine. Sein Blick wanderte zum Flur und zurück.

„Denkst du nicht?“ Joanna starrte ihn an, als erwartete sie eine Antwort, aber worauf?

Neil schüttelte den Kopf und kicherte. „Kümmert euch nicht um ihn, er hat die Aufmerksamkeitsspanne einer Mücke.“

„Habe ich nicht.“

„Okay gut.“ Neil stellte seine Flasche auf den Tisch. „Was denkst du dann?“

Morgan hasste es wirklich, wenn einer seiner kleinen Brüder recht hatte. Er wandte sich an Joanna. „Es tut mir leid. Was?“

Sie presste die Lippen fest zusammen und kicherte kurz. „Three Corners wieder aufleben zu lassen.“

Oh, er musste wirklich einen großen Teil des Gesprächs verpasst haben, denn er hatte trotz des Hinweises keine Ahnung, wovon sie sprach.

Ein Strahl Tageslicht schien durch die offene Tür des Pubs, und Joanna setzte sich aufrechter hin. „Da ist sie. Sie kann dir mehr darüber erzählen.“

Morgan und Neil standen beide auf.

„Bitte", lächelte Valerie, „setzen Sie sich wieder hin."

Sowohl Neil als auch Morgan packten die Stuhllehne zwischen sich. Morgan zog etwas fester als sein Bruder und gab Valerie mit der freien Hand ein Zeichen, sich zwischen sie zu setzen.

Stühle kratzten über den Holzboden, als Tante Eileen und ihre Freundinnen sich vom Tisch abstießen. Die Frauen sammelten ihre Plastikgewinne ein und umarmten und verabschiedeten sich eine nach der anderen, bevor sie sich den Weg aus dem Gebäude machten. Tante Eileen blieb am Tisch stehen und zog einen Stuhl in der Nähe heran. „Schön Sie wieder zu sehen. Valerie, nicht wahr?"

„Ja." Die Frau lächelte.

„Joanna erzählte uns, dass Sie eine neue Idee haben?"

„Habe ich." Valerie beugte sich in ihrem Stuhl nach vorne und blickte Morgan und seinen Bruder an. „Und es betrifft Sie beide."

In ihrem Zimmer hatte sie ein wenig über das ehemalige Three Corners recherchiert. Aktuell gab es nur eine Aufzeichnung im Grundbuch. Eine Besitzurkunde über ein Grundstück, das einer Gesellschaft mit beschränkter Haftung namens *Sisters' Parlour* gehörte. Der Rest der Stadt gehörte, soweit Val es beurteilen konnte, niemandem.

„Haben Sie jemals eine dieser Renovierungsshows im Fernsehen angesehen?"

Joanna stöhnte. Irgendwo zwischen Babysitten und Pommes, hatte Joanna erwähnt, dass ihr Mädchenname wie der einer Moderatorin einer beliebten Hausrenovierungsshow lautete und dass ihr das gelegentlich Unannehmlichkeiten bereitete.

„Sorry." Val lächelte entschuldigend.

„Mom liebt diese Shows", meinte Neil, aber abgesehen davon schien keiner der Brüder sonderlich interessiert. „Aber was hat das mit uns zu tun?"

„Also." Sie überlegte, ob es sinnvoller wäre, sofort alle Karten auf den Tisch zu legen oder die Infos lieber portionsweise herauszurücken. „Sie sind sehr beliebt. Ich bin Fernsehproduzentin von Reality-TV-Shows, und ein Sender möchte, dass ich eine neue Renovierungsshow mache."

Alle Augen blieben erwartungsvoll auf sie gerichtet.

„Ich würde gerne Three Corners wiederaufbauen." Sie lehnte sich in ihrem Stuhl zurück und wartete auf die Antwort.

Die einzige Person, die aufwachte, war Eileen. „Wirklich? Wiederaufbau wie bei einer Restaurierung oder eher ein neuer Vegas-Strip?"

„Auch wenn ein neues Las Vegas großes Potenzial hätte, produziere ich nur Renovierungsshows."

„Oh!" Eileen schlug die Hände zusammen. „Das könnte Spaß machen."

„Und das", Valerie zeigte auf Joannas Tante, „ist die Reaktion, die ich erhofft hatte. Aber bevor ich die Idee dem Sender vorstelle, könnte ich wirklich ein bisschen professionellen Input gebrauchen. Schließlich könnte so manches alte Bauwerk – und das investierte Geld – bei zu starkem Wind einfach davonwehen."

„Nicht Sadieville." In Anspielung auf den einst beliebten Spitznamen der Stadt blieb Jamie am Tisch stehen, als er gerade dabei war nach leeren Getränken Ausschau zu halten. „Diese Stadt ist solide. Ich habe den Schwestern dabei geholfen, den Saloon auf Vordermann zu bringen, und es hat mich wahnsinnig überrascht, dass sich in all der Zeit keine Termiten eingenistet und das Lokal in Staub verwandelt hatten."

Morgans Kopf drehte sich ganz leicht. Der vorsichtige Ausdruck in seinen Augen war kein gutes Zeichen. Offensichtlich mussten die Infos wohlportioniert werden.

„Ich muss mir einen einprägsamen Titel für die Show einfallen lassen, aber im Kern geht es darum, eine Geisterstadt wieder zum Leben zu erwecken." Sie würde später erwähnen, dass es dabei um die sexy Bauunternehmer-Cousins gehen würde. „Ich würde gerne mit den Schwestern sprechen, denen das Parlour House gehört."

„Das wird einfach sein. Die Boutique liegt nicht nur direkt an der Main Street, Sister und Sissy lieben es auch, neue Leute kennenzulernen." Eileen nickte eifrig.

„Sister und Sissy?" Diese Stadt bereitete ihr ein Geschenk nach dem anderen. Sie musste diese beiden Frauen unbedingt kennenlernen und herausfinden, ob sie genauso faszinierend waren wie ihre Namen. Schließlich machten gerade skurrile Charaktere Fernsehsendungen zu Hits. „Aber die Geisterstadt zu besichtigen ist mein erster Schritt. Kannst du morgen Reiseführerin spielen?" Sie blickte Joanna an.

Die Frau schüttelte den Kopf. „Morgen leider nicht." Ich habe ab Mittag mehrere Videokonferenzen geplant."

Val drehte sich zu den beiden Bauunternehmern um, die noch nicht wussten, dass sie bald Fernsehstars werden würden. „Das ist okay. Was ich aber unbedingt brauche, ist eine professionelle Beurteilung. Von lizenzierten Bauunternehmern."

Neil war der Erste, der den Kopf schüttelte. Morgan zog die Lippen zu einer dünnen Linie zusammen und schüttelte langsam den Kopf. „Ich muss Megs und Adams Wohnung fertig machen. Entschuldigung."

Ein Telefon klingelte und Eileen wandte sich vom Tisch ab. „Hallo. Oh, hallo." Sie runzelte die Stirn und blickte zu Morgan. „Es ist Meg. Sie sagte, dass du nicht ans Telefon gehst."

Morgan zog sein Handy aus der Tasche und schüttelte den Kopf. „Zwei verpasste Anrufe. Aber ich habe das Telefon nicht klingeln gehört."

„Stimmt etwas nicht?", fragte Eileen ins Telefon. „Oh je. Ich werde etwas von der Hühnersuppe meiner Großmutter machen. Dann fühlt sich die Kleine gleich besser." Sie nickte einmal, dann noch einmal und ein letztes Mal. „Okay, ich werde es ihm sagen. Halte uns auf dem Laufenden und lass uns wissen, wenn du Hilfe benötigst."

„Etwas Schlimmes?", fragte Valerie.

Eileen schüttelte den Kopf. „Nicht wirklich, vermutlich nur eine leichte Erkältung. Scheint, als hätte Fiona ein wenig Fieber. Die Jungs sollten das Wochenende also frei haben. Sie will nicht, dass Fiona jemanden ansteckt." Die Frau steckte ihr Handy in die Tasche und drehte sich zu Val um. Ein ganz langsames, verschlagenes Lächeln huschte über ihr Gesicht. „Sieht so aus, als könntet ihr unsere kleine Geisterstadt in Augenschein nehmen."

KAPITEL VIER

Es klingelte an der Tür und mit Gray auf den Fersen eilte Eileen zur Haustür. Sie hätte nicht überrascht sein sollen, Valerie in einem anderen magazinwürdigen Outfit anzutreffen. „Guten Morgen, schön dich wiederzusehen."

„Guten Morgen." Die Frau nahm langsam die gleiche riesige Sonnenbrille ab, die sie gestern getragen hatte, als sie das Café betreten hatte. Immer noch sah sie wie ein glamouröser Filmstar aus vergangenen Zeiten aus. Das honigblonde Haar war zu einem französischen Dutt zurückgebunden. Ihre großen Knopfohrringe in dunklem Türkis passsten zum Armband an ihrem Handgelenk und zu den Knöpfen an ihrer Bluse. „Ich nehme an, du hast keinen Kaffee?"

„Aber natürlich. Vor meiner zweiten Tasse bin ich überhaupt nicht zu gebrauchen."

„Oh, dem Himmel sei Dank. Ich war etwas spät dran und hatte kaum Zeit für einen. Und den hatte ich auch nur, weil Meg – die ich offiziell zur Heiligen erkläre – so klug war, mir einen Thermosbecher zu reichen, als ich zur Tür hinausrannte."

Auch wenn die Pfennigabsätze, die Valerie trug, nicht sehr hoch waren, konnte sich Eileen nicht vorstellen, dass sie irgendwohin rennen würde. „Hier entlang geht es zur Küche."

Sollte Valerie noch nie auf einem Laufsteg gewesen sein, wäre Eileen überrascht. Sie hatte eine elegante

Ausstrahlung, die viel mehr aussagte als Stadt oder Land. Die Frau wusste, wie man elegant ging, und sie musste sich nicht einmal anstrengen.

Eileen richtete ihre Aufmerksamkeit von ihrem davongehenden Gast auf den Hund, der ruhig zu ihren Füßen saß, bevor sie erneut auf den Rücken der Frau blickte. Sie erinnerte sich, dass Morgan der erste Farraday war, der bei Abbie aufgetaucht war, nachdem sie Gray entdeckt hatte, und warf einen Blick auf den Hund. „Bist du dir da sicher?"

Kluge braune Augen starrten in ihre. Dann neigte Gray ganz leicht den Kopf und senkte die Schnauze. Eileen könnte schwören, dass sie seine Antwort hörte: *Habe ich mich jemals geirrt?*

Auf dem Weg zur Küche sah sich Valerie beiläufig im Erdgeschoss um. Keine Spur von einem der Cousins. Sie hatte ihren kleinen Koffer durchsucht, aber keines der Outfits, die sie eingepackt hatte, schien für einen Spaziergang durch eine Geisterstadt geeignet zu sein. In ihren geliebten Kitten-Heels war die Wahrscheinlichkeit, sich den Knöchel zu brechen, am geringsten. Zumindest war sie klug genug gewesen, ihre schmal geschnittenen Bleistiftröcke zu Hause zu lassen.

„Die Jungs werden jeden Moment bereit sein. Es gab ein kleines Problem mit einem Pferd, dass in einer Schlammgrube steckengeblieben ist."

„Oh nein." Sogar sie wusste, dass das für ein Pferd gefährlich war.

Eileen legte ihre Hand auf Vals Arm. „Es geht ihr gut. Glücklicherweise fand Sean sie, bevor sie sich verletzen konnte. Morgan und Neil eilten zur Ostweide, um zu helfen. Unnötig zu erwähnen, dass sie sich ein bisschen schmutzig gemacht haben, als sie Cinnamon befreit haben."

Das Geräusch von Schritten kam näher. Sie war sich nicht sicher, welchen Bruder sie erwarten sollte, doch der Anblick von Morgan in der Tür brachte sie zum Lächeln. Seine Haare waren noch feucht von der frischen Dusche und leichte Locken hingen in seine Stirn, während kräftige Muskeln sich anspannten, als er die Ärmel seines Hemdes hochkrempelte. Doch erst als die funkelnden blauen Augen aufblickten und die ihren trafen, verdampfte der gesamte Speichel in ihrem Mund.

„Morgen." Er machte ein paar Schritte ins Zimmer, beugte sich vor, um seiner Tante einen Kuss auf die Wange zu geben, und konzentrierte sich dann wieder auf sie. „Neil sollte in Kürze fertig sein."

„Willst du noch eine Tasse Kaffee, während ihr wartet." Eileen griff nach der Kanne.

Morgan winkte ab. „Nein danke. Ich habe genug Kaffee getrunken, um von den Toten auferstehen zu können."

„Schönes Bild." Val hatte nicht vorgehabt, die ersten Worte auszuspucken, die ihr in den Sinn kamen, aber ihr Filter schien wegen des über ein Meter achtzig großen Mannes im Raum immer noch ausgeschaltet zu sein.

„Sorry." Sein Lächeln war aufrichtig, aber diese babyblauen Augen sahen nicht aus, als wollte er sich wirklich entschuldigen.

Weitere Schritte hallten die Stufen hinunter und Val blickte auf. Ein weiterer ein Meter achtzig Adonis schlenderte in die Küche, aber dieses Mal wurde ihr Mund nicht trocken und ihr Filter schien vollkommen intakt zu sein. „Guten Morgen."

„Morgen." Ein strahlendes Lächeln breitete sich auf seinem Gesicht aus und sie musste zugeben, dass es ein wirklich erwärmendes Grinsen war. Aber obwohl die beiden Brüder ganz offensichtlich aus dem gleichen Holz geschnitzt waren, fesselte Neil ihre Fantasie einfach nicht so, wie Morgan es konnte. „Sind wir alle startklar?"

„Ich habe ein paar kalte Getränke für euch eingepackt. Die Nachmittagshitze ist hinterhältig. Und ich habe ein paar Snacks hinzugefügt." Eileen tippte auf die Oberseite einer kleinen Kühlbox.

„Danke." Morgan beugte sich vor und gab seiner Tante einen weiteren Kuss auf die Wange. „Ich werde das in den Truck packen."

„Ich habe noch eine Kühlbox mit ein paar frischen Kuchen für das Picknick in der Kirche. Ich habe dem Priester versprochen, dass ich sie bis zum Nachmittag in die Kirche bringe. Wenn ihr nichts dagegen habt, würde einer von euch die blaue Kühlbox in mein Auto stellen? Das wäre wunderbar."

„Ich werde sie nehmen." Neil hob die größere Kühlbox hoch. „Wie viele Kuchen sind hier drin?"

„Meine und Dorothys. Sie hat sie heute Morgen vorbeigebracht, als ihr alle mit dem Pferd gekämpft habt. So spart sich wenigstens eine von und den ganzen Weg in die Stadt."

„Wenn sie so lange halten, nehme ich sie nach unserem Besuch in Three Corners gerne mit." Irgendetwas an dem Lächeln und der Hilfsbereitschaft würde bei jemandem den Wunsch wecken, ebenfalls helfen zu wollen. Val war da keine Ausnahme.

„Das ist sehr nett von dir, aber ich muss sie unbedingt zur Kirche bringen. Die Ladies der Kirchengesellschaft mögen es, wenn alles früh fertig ist. Und die Leute von der Kirche können sehr gereizt werden, wenn ihre Tische nicht schon Stunden zuvor gedeckt sind."

Auf halbem Weg zur Haustür fiel Eileen wie ein

Stein zu Boden. Ihr plötzlicher Aufschrei veranlasste Neil dazu, die Kühlbox mit den Kuchen so schnell abzustellen, dass Val ein wenig überrascht war, dass das Ding nicht aufging, und seinen Inhalt im ganzen Wohnzimmer verteilte.

Beide Hände um ihren Fuß geschlossen lag Eileen da.

„Was ist passiert?" Morgan war schneller durch den Raum geflogen als sein Bruder.

„Ich bin einfach über meine eigenen Füße gestolpert." Eileen streckte einen Arm in die Luft. „Hilft mir jemand hoch?"

Neil legte einen Arm von einer Seite um ihren Bauch und Morgan tat dasselbe von der anderen.

Eileen stand kaum wieder aufrecht, als sie tief Luft holte, die Augen schloss und seufzte. „Vielleicht war das keine gute Idee."

Mit einer einzigen Bewegung nahm Morgan seine Tante auf die Arme und ging ins Wohnzimmer.

„Ich hole etwas Eis." Val machte auf dem Absatz kehrt und eilte zurück in die Küche. Es bedurfte ein paar Versuche, Plastiktüten in einer der Schubladen zu finden. Nachdem sie eine davon mit Eiswürfeln gefüllt hatte, schnappte sie sich einen Lappen, wickelte den Beutel darin ein und eilte an Eileens Seite.

Morgan stand an der Schulter seiner Tante und untersuchte ihren Fuß. „Es sieht nicht so schlimm aus."

Von einer Festung aus Kissen gestützt, stieß Eileen auf dem Sofa ein leises Stöhnen aus. Ihr Schuh lag auf dem Boden und ihr Fuß war bereits hoch auf ein paar großen Kissen aufgebahrt. „Das Eis wird helfen."

„Bitte sehr." Vorsichtig legte Val den provisorischen Eisbeutel auf den Knöchel der Frau. Morgan hatte recht, er sah nicht sehr geschwollen aus. Zumindest jetzt noch nicht. „Wo bewahrst du dein Aspirin auf?"

„Im Schrank rechts vom Waschbecken. Bring mir lieber eine Scheibe Brot dazu."

Val nickte und stand mit zwei Pillen, einem großen Glas Milch und einem Brötchen wieder vor der Tante der Farradays. „Ich hoffe, das ist in Ordnung. Ich konnte kein geschnittenes Brot finden."

„Besser als okay."

Eileen beugte sich vor, schluckte die Pillen, nahm ein paar Bissen von dem Brötchen und stieß einen langen, langsamen Seufzer aus. „Ich nehme nicht an, dass ich einen von euch überreden könnte, diese Kuchen für mich zur Kirche zu fahren?"

„Aber sicher doch", sagten Morgan und Neil im Chor.

Selbst Valerie meldete sich freiwillig. Was war schon dabei, wenn sie ihren Besuch verlängerte? Es war ja nicht so, als würde Arbeit auf sie warten. „Ich kann sie in die Stadt bringen und mir Three Corners morgen ansehen."

„Unsinn." Eileen wedelte mit ihrer freien Hand. „Die Geisterstadt in Augenschein zu nehmen ist Arbeit, und Arbeit muss geleistet werden."

Morgan runzelte besorgt die Stirn und schüttelte den Kopf. „Ich bin mir nicht sicher, dass wir dich alleine lassen sollten."

„Er hat recht", stimmte Neil zu.

Val war sich nicht sicher, wer von den beiden besorgter aussah.

„Seid nicht albern. So ist das Ranchleben nun mal. Es ist nicht die erste oder letzte Knöchelverstauchung, die ich mir zugezogen habe. Gebt mir einfach die Fernbedienung und sobald euer Onkel zum Mittagessen kommt, kann er mir alles andere besorgen, was ich brauche. Außerdem kann ich Catherine anrufen, wenn ich wirklich in Schwierigkeiten geraten sollte, und sie oder Connor werden hier sein, bevor ich aufgelegt habe."

Da Val keine Ahnung hatte, wer Catherine und Connor waren, konnte sie nur annehmen, dass sie wohl zur Familie gehörten und in der Nähe wohnten. Aber wie die Cousins aus dem Baugewerbe hatte sie Zweifel, ob sie sich auf eine Erkundungsmission begeben und die Familienmatriarchin alleine zuhause lassen sollte.

Da sich niemand rührte, schüttelte Eileen den Kopf. „Wirklich. Gebt mir mein Telefon. Ich rufe Catherine an." Sie rutschte auf ihrem Sitz herum und winkte Neil mit dem Arm zu. „Da du die Kühlbox hast, fährst du mit den Kuchen in die Stadt." Sie wandte sich an Morgan. „Und du fährst mit Valerie nach Sadieville und sorgst dafür, dass sie unversehrt zurückkommt."

Val gefiel diese letzte Aussage nicht. Bis zu diesem Moment hatte sie Joannas Geschichte von ihrer kleinen Eskapade mit den Schlangen auf dem Friedhof tatsächlich vergessen.

„Und", fuhr Eileen fort, „ich werde hier wie ein braves kleines Mädchen sitzen und darauf warten, dass ihr alle zurückkommt. Abgemacht?"

Innerhalb weniger Minuten bestätigte Catherine, dass sie in Kürze vorbeikommen würde, um nach Eileen zu sehen. Neil war wieder im Transportgeschäft und Morgan und Val saßen in seinem Truck und fuhren die Hauptstraße entlang zum schönsten Freudenhaus von West Texas.

Auch wenn der Knöchel seiner Tante für ihn nicht so schlimm ausgesehen hatte, gefiel Morgan die Vorstellung immer noch nicht, sie in diesem großen alten Haus allein zu lassen.

„Du bist ein guter Neffe." Mit einem Lächeln auf den Lippen beobachtete Valerie ihn auf eine Art, auf die jemand die Eskapaden eines flauschigen Welpen bestaunen würde. Nicht gerade die Art, auf die er von den meisten Frauen gesehen werden wollte.

„Da bin ich mir nicht sicher."

„Vertrau mir, wenn ich sage, dass viele Männer nicht einmal über einen verstauchten Knöchel nachdenken würden."

„Der Knöchel ist nicht das Problem. Ich weiß, dass es ihr schnell wieder gutgehen wird, aber das bedeutet nicht, dass ich sie gerne alleine im Haus lasse."

„Sie wird nicht alleine sein. Du hast Catherine gehört. Sie wird für den Rest des Tages ein Auge auf sie haben, bis einer von euch nach Hause kommt."

Morgan drehte den Zündschlüssel und wartete, bis der alte Motor aufheulend erwachte. Er hatte diesen alten Truck seit seinem ersten Bauauftrag mit seinem Vater und der Wagen war schon damals gebraucht. „Ich weiß, aber es fühlt sich immer noch nicht richtig an."

„Und *das* macht dich zu einem guten Neffen. Aber ganz ehrlich, deine Tante scheint mir nicht die Art Frau zu sein, die unter Widrigkeiten zusammenbrechen würde."

„Oh, vertrau mir, Widrigkeiten gibt es für diese Frau nicht." Morgan fuhr los und folgte der Staubspur seines Bruders die lange Auffahrt hinunter zur Hauptstraße. Sie hatte recht. Tante Eileen war nicht wie seine Mutter. Das Leben auf einer Ranch und Mariah Farraday passten nicht ganz zusammen. Es bedurfte nicht viel, um sie aus der Fassung zu bringen. Bei einem verstauchten Knöchel würde sie darauf beharren, dass jeder ihrer Söhne wartete, bis alles vollständig geheilt war, und dann noch ein wenig länger.

„Wir werden nicht zu lange bleiben. Ich kann ziemlich schnell sagen, ob dies die großartige Idee sein wird, an die ich denke, oder eine Katastrophe."

Während der gesamten Fahrt war er damit zufrieden gewesen, ihr zuzuhören. Sie hatte ein wenig dargelegt, warum die Wiederbelebung einer alten Geisterstadt für Investoren und Zuschauer gleichermaßen attraktiv sein würde. „Die Idee ist also, dass die Gebäude nach dem Umbau verkauft oder vermietet werden."

„Genau. Es wird höchstwahrscheinlich ein Handelszentrum geben. In jedem alten Western gab es so einen Laden. Das wäre der perfekte Souvenirshop. Dann wäre da noch der alte Saloon, der in ein Restaurant umgewandelt werden könnte. Angesichts der anderen Sehenswürdigkeiten der Stadt, könnte das weitere Besucher anlocken, wenn das Essen gut ist und die Atmosphäre passt. Du wirst dich wundern, wie viele Leute für ein besonderes Abendessen eine Stunde oder länger fahren."

Er selbst war noch nie in Three Corners, auch bekannt als Sadieville, gewesen, aber selbst er musste zugeben, dass sie mit ihrer Vision sein Interesse geweckt hatte. Ihre Begeisterung war ansteckend. „Ich nehme an, man könnte Schießereien für die Touristen veranstalten."

„Siehst du, jetzt bekommst du ein Gefühl dafür."

„Die Kellnerinnen könnten Rüschenkleider wie die der Can-Can-Revue-Tänzerinnen tragen."

„Viiiiiielleicht." Ihre Reaktion war alles andere als enthusiastisch.

Sein Kopf sprudelte über mit Ideen für eine Geisterstadt. Schließlich wollte jeder als Kind Cowboy und Indianer oder Wilder-Westen spielen. Für einen erwachsenen Mann, in dem noch ein kleines Kind steckte, könnte dadurch ein Traum wahr werden. Was hatte seine Mutter immer gesagt: Was Männer von Jungen unterscheidet, ist nur der Preis ihrer Spielsachen.

KAPITEL FÜNF

„Oh mein Gott." Sean Farraday nahm den köstlichen Duft wahr, der durch sein Zuhause wehte. „Sind das Chipotle Ribs, die ich rieche?"

„Genau." Eileen stand an der Spüle, schälte Kartoffeln und lächelte von einem Ohr zum anderen. „Aber die gibt es erst zum Abendessen."

„Gemein." Er hängte seinen Hut an einen Haken in der Nähe und warf einen kurzen Blick in die Küche. Nachdem er sich vergewissert hatte, dass nur sie zu Hause waren, zog er seine Frau in die Arme und küsste sie innig.

„Mmm", murmelte sie und schmiegte sich an seine Brust. „Ich mag es, wenn du das tust."

„Ich weiß." Er gab ihr noch einen weiteren Kuss und hielt seine Arme um ihre Taille geschlungen, bis sie sich langsam zurückzog.

„Neil ist in deinem Büro. Er arbeitet an einigen Plänen für ein neues großes Schlafzimmer."

Sean nickte. Als sie geheiratet hatten, hatte er sein altes Schlafzimmer aufgegeben. Es war kaum größer als die anderen Zimmer gewesen, hatte aber über ein eigenes Bad verfügt, wenn auch ein kleines. Später waren sie in die Hochzeitssuite gezogen, die sie für Finn und Joanna eingerichtet hatten, bis deren Haus fertig war. Tief in ihrem Inneren hatten sie beide immer gewusst, dass der Raum, den er einst mit Helen geteilt hatte, eines Tages in etwas umgestaltet werden musste, das ausschließlich ihm und Eileen gehörte. Jetzt, da seine Neffen hier waren, schien der Zeitpunkt perfekt zu sein. „Ich dachte, er würde mit Valerie und Morgan in die Geisterstadt fahren."

„Planänderung."

Sean unterdrückte ein vielsagendes Lächeln, trat zurück und blickte auf ihre Füße. „Ich habe einen seltsamen Anruf von Brooks bekommen."

„Ach wirklich?" Ihre Stimme klang leise und süß und etwas zu schüchtern.

„Irgendetwas darüber, dass du dir den Knöchel verrenkt hast und zum Röntgen in die Stadt musst."

„Hm." Sie zog ein großes Hackmesser aus einer Schublade, und Sean trat einen weiteren Schritt zurück. Sie würfelte die geschälten Kartoffeln und schüttelte den Kopf. „Es war nicht so schlimm."

„Also hast du dir den Knöchel verrenkt?"

„Nur ein wenig verdreht."

„Aber jetzt geht es dir gut?"

Ihre Messerhiebe schlugen etwas härter auf das Schneidebrett. „Ja. Alles ist gut."

„Und Neil ist zu Hause geblieben, weil …" Er witterte einen Plan, er wusste nur nicht, wofür. Um Neil zu Hause festzuhalten, damit er an den Plänen für das Haus arbeitete, hätte Eileen nicht extra eingreifen müssen und hätte wohl auch keine zusätzliche Energie in ihre Schneidarbeit gesteckt.

„Da mein Knöchel schmerzte, nachdem ich umgeknickt bin, tat er mir den Gefallen und brachte die Kuchen in die Stadt zum Priester. Heute Abend ist das Singles-Picknick."

Das klang plausibel. Und mehr als einmal in seinem Leben hatte er sich schon äußerst schmerzhaft den Knöchel verstaucht und konnte kurze Zeit später schon wieder darauf herumspringen. Aber aus irgendeinem Grund sagte ihm sein Bauchgefühl, dass in diesem Fall mehr dahintersteckte. Und bei seiner Frau könnte *mehr* alles bedeuten.

Morgans geschätzter Pickup holperte über die alte unbefestigte Straße in Richtung Geisterstadt. In ihrer Blütezeit war der alte Weg die Hauptverbindung von der Militärschule nach Three Corners gewesen, das einst von seinen Besuchern liebevoll als Sadieville bezeichnet worden war.

„Ich nehme an, es könnte schlimmer sein." Die weißen Stellen an Vals Fingerknöcheln verrieten, wie fest sie den Haltegriff umklammerte. Aber in dem Moment, als die alten Gebäude in Sicht kamen, löste sie ihre Hand und beugte sich mit offenem Mund vor, die holprige Straße völlig vergessen. „Oh, wow."

Er hatte die Fotos der alten Stadt gesehen und auch Joannas Buch darüber gelesen. Doch die Aussicht, die vor ihm lag, war eine Überraschung. Eine weitere unerwartete Entdeckung war ein kleiner gepflasterter Parkplatz auf einer Seite des Eingangs zur Stadt. „Die Schwestern müssen das gemacht haben."

„Es ist auf jeden Fall neu. Wenn es das ursprüngliche Kopfsteinpflaster gewesen wäre, müssten wir der Stadt Anerkennung zollen, weil sie ihrer Zeit voraus war." In dem Moment, als der alte Truck anhielt, riss Valerie die Tür auf.

Trotz des Kleides, der Absätze, der gestylten Frisur und des teuren Schals, der sorgfältig um ihren Hals und eine Schulter drapiert war, schien alles, was geradezu Großstadtmädchen schrie, angesichts ihrer kindlichen Freude zu verblassen, als sie in Richtung des hölzernen Bürgersteigs eilte. Beim ersten schmutzigen Fenster legte sie die Hände um die Augen und spähte hinein. „Das ist unglaublich."

Er musste zugeben, dass auch er ziemlich beeindruckt war. Trotz des Alters, einiger bröckelnder Ziegel und der Möglichkeit eines Termitenbefalls der Holzkonstruktion, schien das Gebäude allen Widrigkeiten getrotzt zu haben. Er war sich sogar sicher, dass er, wenn er eine Wasserwaage zur Hand nehmen würde, keinerlei Neigung feststellen könnte.

„Komm!" Grinsend, wie ein Kind auf dem Weg zum Süßwarenladen, winkte Valerie ihn weiter und trottete zum nächsten Fenster. „Siehst du?" Sie zeigte auf das sehr verblasste Holzschild, das über ihnen hing. „Handelszentrum."

Zu ihrer beider Überraschung öffnete sich die Tür sofort, als sie den Knauf drehte.

„Ich schätze, damals hat man keinen Wert auf Schlösser gelegt."

„Scheinbar." Sie legte den Kopf zurück und betrachtete die neun Fuß hohe Decke. „Ich habe nie einen Gedanken daran verschwendet, dass die Standardhöhe für Decken auf acht Fuß festgelegt wurde."

Er war seit seiner Kindheit im Baugewerbe tätig und erinnerte sich noch daran, dass irgendwann Neun-Fuß-Modelle wieder beliebter wurden als Acht-Fuß-Modelle. Aber auch er hatte noch nie darüber nachgedacht, wie oft sich diese Normen schon geändert hatten. Der Verkaufsraum war staubig, aber es war nicht so viel Staub wie man nach fünfzig oder hundert Jahren erwarten würde. „Ich frage mich, ob die Schwestern auch hier geputzt haben."

„Ich wette, diese Fässer sind so alt wie die Stadt." Fast andächtig ließ sie ihren Finger über den Rand des Eichenholzes gleiten. „Wahrscheinlich wurden darin Salz und Zucker oder Mehl aufbewahrt."

Als Morgan sie dabei beobachtete, wie sie sich von

Regal zu Regal und von Theke zu Theke bewegte, und die Freude über jede neue Entdeckung in ihren Augen tanzen sah, verspürte er ein unerklärliches Bedürfnis, dafür zu sorgen, dass diese Freude niemals verblasste. Und war das nicht verrückt? Er war ein entspannter Provinzler und sie war das Funkeln der Großstadt.

„Oh schau." Sie hob einen großen Messingring hoch, an dem einige angelaufene Schlüssel befestigt waren. „Ich schätze, sie hatten doch Schlösser." Sie sah sich um. „Irgendwo."

„Bring sie mit. Vielleicht öffnen sie noch andere Türen in der Stadt."

„Gute Idee." Sie schob den Ring über ihr Handgelenk und nahm das als Zeichen, weiter die Straße entlangzugehen. Nach nur ein paar Schritten flogen ihre Arme nach oben und ein Bein kippte weg, während ein einsilbiges Kreischen über ihre Lippen kam.

„Vorsicht." Er sprang nach vorne und fing sie gerade noch rechtzeitig an der Taille auf, um zu verhindern, dass sie stürzte. Ihr linker Absatz war im Holzbürgersteig hängengeblieben. Wenn sie umgefallen wäre, hätte das möglicherweise fatale Folgen haben können. Das hübsche kleine Stadtmädchen hätte sich sogar den Hals brechen können. Er ließ sie nach vorne gleiten und wartete einen Moment, um sicherzustellen, dass sie ihr Gleichgewicht wiedergefunden hatte. „Lass mich mal sehen."

Auf gebeugten Knien ergriff er die Ferse ihres Schuhs und zog daran. Keine Bewegung. Diese Herangehensweise würde nicht funktionieren. Er legte seine Finger um ihren Knöchel und hob ihren Fuß aus dem Schuh. „Vielleicht ist es einfacher, ihn zu befreien, wenn du ihn nicht trägst."

Sie nickte und schwankte einen Moment lang, fand dann ihr Gleichgewicht wieder und zog ihren Fuß aus dem Schuh. „Besser?"

„Besser." Er nickte. Ein paar Drehungen, und der Schuh war frei, der Absatz intakt. „Bitte sehr."

„Danke sehr." Ihre Finger berührten sich kurz, als er ihr den Schuh reichte. Ein seltsames Gefühl des Verlustes durchströmte ihn, als sie aus seiner Reichweite trat.

Nachdem der unerwartete Kontakt vorbei war, kamen sie an zwei weiteren Ladenfronten vorbei, an denen Morgan gerade lange genug innehielt, um nach holzfressenden Insekten, bröckelndem Mörtel, Wasserschäden und allem anderen zu suchen, was die Kosten für die Sanierung dieser alten Gebäude erhöhen würde. Bis auf ihren ersten Stopp im Handelszentrum sah er sich die Innenräume nur schnell durch die schmutzigen Fenster an. „Gut, dass Falzarbeiten wieder beliebt sind."

Sie drehte sich um dreihundertsechzig Grad, wobei sie auf halbem Weg kurz innehielt, um ihm eine fröhliche Antwort zuzurufen. „Dafür kannst du der anderen Joanna Gaines danken!"

Als sie das alte Bordell erreichten, blieb Valerie stehen und bestaunte den Anblick. Dann nickte sie und spähte durch die großen Glastüren. „Oh mein Gott."

Neugierig beschleunigte er sein Tempo und blieb neben ihr an der Doppeltür stehen. *Oh mein Gott* war definitiv eine Untertreibung. Die Außenseite des Gebäudes war weiß gestrichen und wies keinen einzigen Schönheitsfehler auf, der auf sein Alter schließen ließ. Aber das Innere übertraf dies bei Weitem. Durch sauber geputztes Glas konnte er jeden Zentimeter der meisterhaften Holzarbeiten sehen, angefangen bei den Fußleisten bis hin zur Treppe auf der anderen Seite.

Valerie entfernte sich langsam von der Glasscheibe und ließ ihren Blick über die renovierte Fassade schweifen. Die Blumentöpfe, die funktionierenden

Fensterläden, der hohe Giebel und die restaurierte Fassadenverkleidung. Die Schwestern und Jamie hatten hervorragende Arbeit geleistet.

„Also." Sie drehte sich zu ihm um. „Theoretisch könnte man die ganze Stadt genauso herausputzen."

Er hob das Kinn. „Theoretisch."

„Ich wünschte, wir könnten hineingehen."

„Mal sehen, ob wir das nicht schaffen." Er holte sein Handy heraus und schrieb seiner Tante Eileen eine Nachricht. Wenn die Frau ihren Fuß auf dem Sofa hochlagerte, würde sie sich wahrscheinlich über eine Aufgabe freuen.

Morgan stand nahe genug neben Valerie, um den Vanilleduft ihres Shampoos riechen zu können, und musste dem Drang widerstehen, sich vorzubeugen und ihr die Haarnadeln eine nach der anderen herauszuziehen. Bevor seine Gedanken den eingeschlagenen Weg fortsetzen konnten, klingelte das Telefon und er blickte nach unten.

„Und los geht's." Begeistert, dass seine Tante wie erwartet eine Lösung hatte, ging er von der Tür aus nach rechts, zählte die zur Dekoration ausgelegten Flusssteine ab, hob dann einen davon hoch und holte einen modernen Schlüssel hervor.

Als sie den Schlüssel sah, quietschte Valerie aufgeregt wie ein Teenager und stürmte zur Tür. Wie gerne würde er wissen, ob sie auch aus anderen Gründen so quietschte.

Erwartungen waren eine heikle Sache. Die traurige Wahrheit im Leben war meistens, dass nur wenige Dinge den Erwartungen der Menschen entsprachen. Bei Three Corners traf dies aber definitiv nicht zu. Alles hätte zusammenbrechen können, wenn die Geisterstadt ihre Erwartungen nicht erfüllt hätte. Doch nun formten sich in Valeries Kopf mehr und mehr Ideen. Was Geisterstädte betraft, übertraf diese hier ihre ganze Vorstellungskraft.

Morgan stieß die Vordertür auf und sie drehte sich noch einmal vergnügt herum. Der Saum ihres Kleides hob sich leicht, und sie fühlte sich wieder wie ein Kind. Ein Kind, das dieses begehrte, einzigartige Spielzeug geschenkt bekam. Das, welches jeder wollte und nur sie hatte.

Was sie jedoch noch mehr ablenkte als die schöne Handwerkskunst in dem alten Bordell, war der Mann, der langsam durch den Raum ging und das Bauwerk studierte. Es war nicht normal, dass ihr beim Anblick eines Mannes der Atem stockte, aber dieses Exemplar sorgte dafür, dass sie sich mehr als einmal daran erinnern musste, einzuatmen. Sogar im Auto schienen seine funkelnden blauen Augen ein Meer aus glitzerndem Wasser zu überstrahlen. Groß, gutaussehend, höflich. Gott, die Männer in LA sollten von diesem Kerl lernen, die Plastik-Macho-Attitüde abzulegen und ein richtiger Mann zu sein. Und vor allem, wie gut eine gewöhnliche Jeans sitzen konnte.

„Das ist unglaublich."

Valerie blinzelte. Geschah ihr recht, wenn sie ihren Gedanken freien Lauf ließ. Sie hatte keine Ahnung, wovon Morgan sprach. „Verzeihung?"

Seine Finger wanderten langsam über die Schnitzereien an den Schränken an der Wand. „Eine solche Arbeit ist kaum mehr zu finden."

„So fühle ich mich jedes Mal, wenn ich durch die Union Station in der Innenstadt von LA gehe und zu den atemberaubenden Decken hinaufschaue." Eigentlich kam ihr dieser Gedanke auch, wenn sie Morgan ansah. „Das wird sich so einfach verkaufen."

„Wirklich?"

„Absolut. Wer träumt nicht davon, in die Vergangenheit zu reisen, in einer anderen Zeit zu leben und eine andere Welt kennenzulernen?"

Ein Ausdruck völliger Verwirrung erfüllte Morgans Augen. „Ehrlich gesagt habe ich davon noch nicht geträumt."

„Wirklich? Bist du noch nie auf ein Pferd gestiegen und hast darüber nachgedacht, wie es gewesen wäre, wie die Pioniere tagelang dem Horizont entgegenzureiten, ohne etwas auf deinem Weg abgesehen vom Gras, das im Wind weht?"

„Du bist noch nie in West-Texas geritten, oder?" Er kicherte.

„Ich bin noch nie irgendwo auf einem Pferd geritten, aber ich bin davon ausgegangen, dass du das auf jeden Fall getan hast."

Er nickte. „Von Punkt A nach Punkt B gibt es eine Menge Nichts. Wir sehen sehr viel Horizont, sogar in Oklahoma."

„In Ordnung. Hast du jemals einen Kriegsfilm oder einen Film Noir gesehen und dich gefragt, wie es wohl gewesen wäre, in den Vierzigern gelebt zu haben? Einen alten Western und dir gedacht, das waren noch Zeiten?" Sein Kopf neigte sich zur Seite und sie wusste, dass sie einen Nerv getroffen hatte. „Welcher Film war es?"

„Abbott und Costello."

Das war nicht, was sie erwartet hatte.

„Es war ein Film über ein paar Geister aus dem Unabhängigkeitskrieg, die dazu verdammt waren, die Ewigkeit auf dem Land zu verbringen, auf dem sie ihr Land verraten hatten. Abbott und Costello haben ihnen geholfen zu beweisen, dass sie Patrioten waren."

„Ich glaube, den könnte ich gesehen haben. Sie wohnten in einem Baum, nicht wahr?"

Er nickte. „Ich war noch ein Kind und hatte nicht wirklich eine Vorstellung davon, was es wirklich bedeutete, einen Krieg zu führen, aber ich erinnere mich, dass ich mich gefragt habe, wie es gewesen wäre, Teil einer sich verändernden Geschichte zu sein. Ich habe ein paar Wochen damit verbracht, Rotröcke gegen Revolutionäre zu spielen.“

„Siehst du? Zu sehen, wie eine alte Geisterstadt wieder zum Leben erwacht, wird sehr reizvoll sein.“ Sie drehte sich um und betrachtete einige der alten Fotos an der Wand. „Ich frage mich, wie groß die Wahrscheinlichkeit ist, dass es an diesem Ort spukt? Ein paar freundliche Geister wären eine tolle Werbung.“

Morgan verschluckte sich an einem Lachen. „Ich denke, man kann mit Sicherheit sagen, dass die Stadt frei von Geistern ist.“

Wer brauchte schon Geister, wenn man gutaussehende, hammerschwingende Hauptdarsteller hatte? Alles, was sie tun musste, war, Morgan und seine Brüder von der Idee zu überzeugen. „Es gibt hier mehr Räume, als ich von draußen erwartet hätte.“

„Um profitabel zu sein, musste es über eine große Anzahl von Räumen für die, ähm, Unterhaltung der Gäste verfügen.“

„Stimmt.“ Valerie spürte, wie eine leichte Röte ihre Wangen erwärmte. Für einen Moment hatte sie vergessen, dass dies keine gewöhnliche Pension gewesen war. „Ich glaube, ich habe genug gesehen. Zeit, alles durchzukalkulieren.“

Morgan gab ihr mit dem Arm ein Zeichen, vorauszugehen, und warf einen letzten Blick auf das makellos restaurierte Treppengeländer. „Das wird ein ziemlich großes Projekt, wenn das mit der ganzen Stadt gemacht werden soll.“

„Nicht mit der ganzen Stadt, nur mit ein paar

wesentlichen Gebäuden.“

„Das Handelszentrum?“

Sie nickte. „Ja, das ist wichtig. Ein Restaurant und der Saloon ebenfalls.“

„Das könnte man kombinieren.“ Morgan hielt ihr die Tür auf und drehte sich dann um, um sie hinter sich zu abzuschließen. „Sonst ist der Saloon erst abends geöffnet, wenn die meisten Touristen bereits nach Hause gegangen sind.“

Der Mann hatte recht. „Das bedeutet, dass wir das Hotel nicht renovieren müssten, da das Bordell bereits restauriert und für den gleichen Zweck perfekt geeignet ist.“

Morgan ging neben ihr her, legte seine Hand in seinen Nacken und ließ sie dann wieder an seine Seite fallen. „Den Schwestern ist es wirklich gelungen, die Schlafzimmer wieder zum Leben zu erwecken, aber das Bordell scheint eher für ein Bed-and-Breakfast mit Gemeinschaftsbädern geeignet zu sein. Wenn man den Saloon in ein zwangloses Lokal mit einer netten Bar verwandelt, ähnlich wie bei modernen Restaurants, könnten sich beide gut ergänzen.“

Sie kamen zu dem alten Hotel, und Morgan verlangsamte sein Tempo, während er die Fassade betrachtete. „Es wird wahrscheinlich ein hübsches Sümmchen kosten, das alte Hotel wieder auf Vordermann zu bringen, aber mit eigenen Bädern auf den Zimmern wäre es ein echtes Hotel.“ Er drehte den Knauf der Doppeltür und wandte sich wieder Valerie zu. „Mal sehen, ob einer der Schlüssel funktioniert.“

Val reichte ihm den Schlüsselring, der noch an ihrem Handgelenk hing. Und tatsächlich, der dritte Schlüssel passte ins Schloss und entriegelte die Tür. „Bingo“, kreischte sie.

Das Gebäude war leer. Von den Möbeln war nichts erhalten geblieben. Die Art und Weise, wie die

Spinnweben in jeder Ecke und an jedem Vorsprung hingen, erweckte den Eindruck, dass dieses spezielle Gebäude schon lange von niemandem mehr betreten worden war.

Morgans Hand schnellte hinter ihm hervor und er streckte seine Finger einladend aus. „Komm. Sehen wir uns oben um. Aber sei vorsichtig, einige der Stufen sind möglicherweise nicht so stabil wie im Bordell."

Sie verschränkte die Finger mit ihm, nickte und machte langsam einen Schritt nach dem anderen. Über dem Erdgeschoss befanden sich drei Stockwerke mit Räumen. Das Hotel war das höchste Gebäude der Stadt. „Nicht so groß, wie ich gedacht hatte."

„Aber auch nicht klein." Er öffnete die Tür zu einem Schlafzimmer, dann zum nächsten. „Es gibt eine gerade Anzahl an Räumen, was es einfach machen sollte, jeweils zwei in ein Zimmer mit eigenem Bad und Einbauschrank zu verwandeln und den Schlafbereich um etwa einen halben Meter zu vergrößern."

„Das klingt vielversprechend."

„Eine solide Grundstruktur. Das ist alles, was man braucht." Am Ende des Gangs im obersten Stockwerk befand sich eine zusätzliche Tür. Morgan drehte langsam den Knauf und eine weitere Treppe kam zum Vorschein. „Muss zum Dach führen."

„Sollen wir einen Blick riskieren?"

„Gerne."

Am oberen Ende der Treppe öffnete sich eine weitere Tür zu einem flachen Dach, welches das gesamte Gebäude überspannte.

„Oh, wow." Von fast überall zwischen Tuckers Bluff und Three Corners konnte man kilometerweit sehen, aber von hier oben sah die gleiche Aussicht völlig anders aus. Spektakulär.

„Eine weitere Sache, die zur Attraktivität eines Luxushotels beiträgt. Und im Erdgeschoss ist genug

Platz, um ein Restaurant zu eröffnen."

„Ich dachte, wir würden den Saloon in ein Restaurant verwandeln?"

„Ja, aber lass mich ausreden. Ich habe meine Cousins mehr als einmal sagen hören, dass es nicht genug Lokale gibt, in denen man gut essen gehen kann, ohne nach Butler Springs zu fahren. Das heißt, wenn man es richtig macht, könnte dieser Ort viele wirtschaftliche Möglichkeiten auftun. Ich meine, abgesehen von deiner neuen Show."

Er hatte natürlich recht. Sie wandte der atemberaubenden Aussicht den Rücken zu und folgte ihm die Treppe hinunter. Val musste über ihren gewohnten Tellerrand hinausblicken. Am Anfang hatten sie nur die möglichen Einschaltquoten interessiert, die die Restaurierung einer alten Geisterstadt mit sich bringen würde. TV-Shows waren etwas, das sie verstand. Am Ende etwas Marktfähiges zu schaffen, das einem Vergnügungspark für Erwachsene nahekommen würde, war ein wenig irritierend und lag nicht in ihrer Liga.

Schweigend gingen sie in die Lobby hinunter und sahen sich dort ein letztes Mal um, bevor sie gingen.

Morgan schloss die Tür ab und gab ihr die Schlüssel zurück. „Wenn du darüber nachdenkst, mit einem Koch, der es wagt, das Risiko einzugehen, könnte man daraus vielleicht sogar ein Fünf-Sterne-Restaurant machen."

„Okay." Val blieb wie angewurzelt stehen. „Du hast noch größere Träume als ich. Niemand liebt gutes Essen so sehr wie ich. Jedes Gedeck mit mehr als einem Löffel, einer Gabel und einem Messer bringt mich zum Sabbern. Wenn ein Kellner weiß, dass er von links bedient und von rechts Teller abnimmt, wird mir regelrecht schwindelig. Aber ich glaube nicht, dass Thomas Keller hier draußen ein Restaurant eröffnen wird."

Morgan kicherte. Er hätte wissen müssen, dass sie jemand war, der nicht aß, sondern dinierte. Mehr als nur ihre Garderobe trennte dieses Stadtmädchen von seinem Leben. Und sie hatte recht, in diesem Teil des Landes gehörte gehobene Küche wahrscheinlich genauso zu den Grundbedürfnissen wie ein Schneemobil im Sommer. „Fünf Sterne sind vielleicht etwas übertrieben, aber ein wirklich gutes Restaurant könnte durchaus mehr als nur Touristen anziehen. So sehr ich das Pub und Franks Küche im Café liebe, meine Cousins haben recht. Angenommen, ich wollte ein Mädchen auf ein Date einladen und dabei alle Hebel in Bewegung setzen, dann gibt es hier in der Nähe einfach nichts Passendes. Es gibt viele Leute in Tuckers Bluff und der Umgebung, die eine längere Fahrt in Kauf nehmen würden, um ein Jubiläum, eine Verlobung oder einen Geburtstag an einem besonderen Ort zu feiern."

Ein besonderer Ort. Sie blickte über ihre Schulter und suchte die Gebäude entlang der Straße ab. Viele davon müssten umfunktioniert werden. Sie hatte an Geschäfte für Kunsthandwerk oder Bücher gedacht, aber was wäre, wenn … „Ein Spa."

„Verzeihung?"

„Ein wirklich luxuriöses Hotel mit gehobener Küche, einem Spa und all den Dingen, die einen abgelegenen Ort zu einem Reiseziel machen. Mit dieser spektakulären Dachterrassenaussicht ließe sich so viel machen."

„Jetzt verstehst du."

„Falls ich die Idee verkaufen und die Investoren gewinnen kann." Sie nickte. „Ja, das wird eine wundervolle Fernsehsendung."

„Du denkst immer noch an Reality-TV?"

„Natürlich."

„Dann solltest du besser ein paar verdammt gute Projektmanager zur Hand haben. Eine Stadt zu bauen ist nicht einfach."

Ihr war klar, dass gut nicht ausreichen würde, um die Bauarbeiten, die Produktionsplanung und die Medien, die zweifellos von Zeit zu Zeit auftauchen würden, unter einen Hut zu bringen.

„Du runzelst die Stirn." Er wischte ihr mit dem Finger über die Stirn. „Hast du es dir anders überlegt?"

Sie schüttelte den Kopf.

„Weil das das Vernünftigste wäre."

„Vielleicht. Aber niemand hat je behauptet, dass ich vernünftig bin. Ich dachte daran, dass ich hier in Texas mehr Zeit verbringen werde als in LA."

„Ich bin mir nicht sicher, ob du verrückt oder brillant bist." Sie erreichten den Truck und er öffnete die Tür für sie, wobei er ihr ein strahlendes Lächeln zuwarf, das wahrscheinlich die böse Hexe des Westens für sich gewinnen könnte. Als sie eingestiegen war, schloss er die Tür, umrundete die Motorhaube und kletterte auf der Fahrerseite in seinen Wagen.

Sie schnallte sich an und wartete, bis er den Schlüssel umgedreht und den Motor gestartet hatte. „Was würdest du davon halten, wenn ich dir sage, dass ich dich und deine Brüder dabeihaben möchte?"

Mit einer Hand bereits am Lenkrad riss er den Kopf vom Blick durch die Heckscheibe zurück und stieß, irgendwo zwischen Schock und Belustigung, ein leises Lachen aus. „Jetzt kenne ich die Antwort. Du bist verrückt."

KAPITEL SECHS

Es bestand kein Zweifel, Valerie litt unter Wahnvorstellungen. Seine Welt, das Leben seiner Brüder waren in Oklahoma. Ein Projekt in der Größenordnung dessen, worüber sie sprach, würde Monate oder länger dauern. Die Logistik wäre ein Albtraum. Und dann war da noch das Thema Fernsehkameras. Auf jeden Fall nicht die Art Leute, die er sich auf seiner Baustelle wünschen würde.

„Ich bin nicht verrückt." Sie zog am Schulterriemen ihres Sicherheitsgurts und bewegte sich leicht, um ihn besser sehen zu können. „Ich bin sehr gut in dem, was ich tue, und ich bin mir sicher, dass das ein Erfolg wird."

„Diesen Teil glaube ich. Du hast mich davon überzeugt, dass jeder tief in seinem Inneren eine Erinnerung an etwas hat, wegen dem er in der Zeit zurück oder vorwärts reisen möchte."

„Vorwärts?"

„Star Trek wurde immer wieder neu erfunden."

Sie zuckte mit den Schultern und verdrehte leicht die Augen. „Nun, selbst in Science-Fiction-Serien möchte man immer wieder zum Reiz des Wilden Westens zurückkehren. Und diesen besitzt dieser Ort definitiv."

Der Reiz des Wilden Westens hatte den Nagel auf den Kopf getroffen. Ein paar Mal konnte er fast sehen, wie Frauen mit langen Röcken und bunten Hauben oder wirbelnden Sonnenschirmen den Holzbürgersteig hinuntergingen. Er konnte sich auch schon einen Showdown am frühen Nachmittag vorstellen. Jeden Tag um zwei Uhr würden die Cowboys aus dem alten Saloon stürmen und sich zur Freude aller Touristen von gegenüberliegenden Enden der Hauptstraße anstarren. Ja, das hatte sie richtig verstanden. Sogar die Brady-Family aus der beliebten Fernsehserie fand irgendwann einen Weg, das Konzept des Charmes einer Geister-stadt aufzugreifen.

„Du denkst darüber nach, nicht wahr?" Valerie unterbrach seine Gedanken.

„Die Stadt? Ja. Aber nicht derjenige zu sein, der den Hammer schwingt."

Die hintere Ladefläche des Trucks schwankte über ein Schlagloch in der Straße, und er fragte sich, ob derjenige, der diesen Deal annehmen würde, den verdammten Schotterweg asphaltieren oder ihn zum Wohl des Old-West-Ambientes so belassen würde.

„Du denkst immer noch darüber nach." Sie grinste und lehnte sich gegen die Autotür.

Was war sie, eine Gedankenleserin? Wie konnte sie wissen, was in seinem Kopf vorging? Er wollte auf keinen Fall Teil davon sein. Auch wenn ihn einige der handwerklichen Arbeiten überraschten, ihn sogar in ihren Bann zogen. Er hatte immer geglaubt, Western- oder Bergbaustädte wurden auf die Schnelle zusammengeschustert. Das alte Theater war eines der wenigen Gebäude, die mit Brettern vernagelt waren. Er fragte sich, was sich darin befand. Würde es weitere Holzverzierungen geben? Wäre alles perfekt lotrecht und eben? Wie schwierig wäre es, den alten Ort ins einundzwanzigste Jahrhundert zu bringen? Könnte es überhaupt getan werden, ohne das Budget zu sprengen? Und wie hoch wäre dieses Budget? Würde das Netzwerk oder wer auch immer die Rechnung bezahlte, wollen, dass es richtig oder schnell erledigt wird? Ging es im Fernsehen nicht immer nur um die Illusion? Andererseits, wie sollten sie sonst Renditen für die Investition erzielen, wenn sie nicht ein Qualitätsprodukt an jemanden übergaben, der wusste, wie man diese alte Geisterstadt in ein profitables Imperium verwandeln konnte?

Er war so tief in Gedanken versunken, dass er nicht bemerkt hatte, dass Val ihren Sicherheitsgurt weiter gelockert und sich so zu ihm herumgedreht hatte, dass sie ihn fast frontal ansah.

„Du willst es doch machen, nicht wahr?" Ihre Augen glitzerten vor Zufriedenheit.

„Nicht so schnell. Ja, das Projekt ist einzigartig. Aber dass wir da mittmachen? Nein." Allerdings musste er zugeben, dass die ganze Idee ihn umso mehr faszinierte, je mehr er über die Möglichkeiten nachdachte. Von all den Aufgaben, die das Unternehmen seiner Familie im Laufe der Jahre übernommen hatte, waren die Restaurierungsprojekte immer seine Favoriten gewesen, und irgendetwas sagte ihm, dass Neil sich nur zu gerne an die Entwürfe für dieses Lokal machen würde. Doch ein Projekt dieser Größenordnung würde die meisten seiner Brüder monatelang von Oklahoma fernhalten. Seine Mutter würde ausrasten, wenn sie ihre Küken so lange nicht im Auge behalten könnte. Und das kam noch nicht einmal annähernd an den Anfall heran, den sie bekommen würde, wenn sie erfuhr, dass ihre Jungs sich im verbotenen Farraday-Country herumtrieben. „Außerdem, warum wir? Warum nicht einige eurer regulären Teams aus einer der anderen Shows?"

„Oh." Sie lehnte sich zurück.

„Du weißt nicht einmal, was für Handwerker wir sind. Wir könnten die schlechtesten Bauunternehmer diesseits des Mississippi sein."

„Das bezweifle ich." Ihr schelmisches Grinsen kehrte zurück.

„Meiner Meinung nach sind wir es nicht, aber das ändert nichts an der Frage. Warum nicht Teams einsetzen, mit denen du schon einmal zusammengearbeitet hast?"

„Nun, zunächst einmal", sie drehte sich zu ihm um, „sind all diese Teams in LA oder Vancouver, und nicht in Texas."

Bei diesem Punkt musste er ihr rechtgeben. Allein der Gedanke daran, Bautrupps aus Oklahoma zu verlegen, war ein logistischer Albtraum. Die Entfernung nach Kalifornien oder Kanada würde dies noch toppen. „Und?"

Valerie beugte sich vor. „Was meinst du mit *und*?"

„Du hast gesagt, zunächst einmal. Was sonst noch?"

„Oh." Sie ließ sich in ihren Sitz zurückfallen. „Sonst nichts."

„Das bezweifle ich. Du formulierst deine Aussagen sehr bewusst. Ich sehe keinen Grund, warum das in diesem Fall anders sein sollte."

„Nun, wenn du es unbedingt wissen willst", sie verschränkte die Hände in ihrem Schoß, „das Aussehen ist im Fernsehen wichtig. Ein bisschen Babyspeck sind vor der Kamera schnell mehrere Pfunde."

Er nickte langsam. Das war nicht das erste Mal, dass er davon hörte, dass die Kamera einer Person ein paar Pfunde hinzufügte. Anscheinend war etwas Wahres an dieser Aussage.

„Und meine Teams sind nicht verwandt."

„Was hat das damit zu tun?"

„Hast du noch nie Hausrenovierungsshows gesehen?"

„Doch, ein paar." Er sah sich hin und wieder ein oder zwei Episoden mit seiner Mutter an, aber erinnerte sich an nichts Konkretes.

„Nun, am beliebtesten sind normalerweise verheiratete Paare …“

„Das sollte uns aus der Bredouille bringen“, unterbrach er sie, „wir sind alle ledig.“

„Oder Brüder.“

Mist. Sie waren ein Familienunternehmen.

„In diesem Fall wollen sie etwas Neues, also wären Construction Cousins genau das Richtige.“ Sie verschränkte die Arme vor der Brust. „Und es gibt keinen Dicken oder Hässlichen in eurem Haufen.“

Er konnte sich das Lachen nicht verkneifen, das aus ihm herausbrach. „Nett, dass du das sagst, aber du hast noch nicht alle meine Brüder kennengelernt.“

Sofort ließ sie die Hände sinken. Ihre hochgezogenen Brauen, der herunterhängende Kiefer, der leicht offenstehende Mund und die geweiteten Augen zeichneten einen Ausdruck auf ihr Gesicht, den man nur als völligen Schock bezeichnen konnte. „Du hast hässliche Brüder?“

Diesmal lachte Morgan regelrecht. „Das habe ich nicht gesagt.“

Valerie schnaubte wie seine Mutter, wenn einer ihrer Söhne sie in einem Familienstreit besiegte.

„Außerdem sind wir keine Cousins. Wie du sagtest, wir sind Brüder.“

„Eine unwichtige Formalität. Der Heimatstandort wäre Texas, also würdet ihr einfach als die Cousins aus Oklahoma vorgestellt werden. Dann noch ein paar Gastauftritte der Texas Farradays, denen ihr eure Arbeit präsentiert. Nicht jedes Reality-TV ist völlig spontan.“

„Spontan?“

„Einiges, eigentlich das meiste, ist sehr stark geskriptet und durchgeplant. Die Idee ist also wirklich perfekt.“ Der Ausdruck purer Zufriedenheit in ihren Augen war zurück.

Und sie waren mit ihrer Diskussion wieder ganz am Anfang. Vor sich konnte er bereits den Torbogen an der Auffahrt zu den Häusern von Connor und seinem Onkel sehen. Ihm war nicht bewusst gewesen, dass sie schon so lange unterwegs waren. Ein Teil von ihm wünschte, er könnte die Abzweigung verpassen und weiterfahren. Weiter diskutieren. Nur sie beide. Denn war das Schönste an einer Meinungsverschiedenheit nicht die Versöhnung danach?

Sie hatte keinen Zweifel daran, dass Morgan Farraday mehr als interessiert an ihrem Plan war. Nun ja, vielleicht nicht am TV-Star-Teil davon, aber auf jeden Fall an der Wiederbelebung dieser alten Stadt. Sie konnte es am Funkeln in seinen Augen sehen, jedes Mal, wenn er sich vorstellte, wie sie gewesen war und wie sie aussehen könnte. Ein Mann wie er arbeitete nicht, um seinen Gehaltsscheck zu verdienen. Männer wie die Farradays wurden von etwas Tieferem, Stärkerem motiviert. Wenn es nicht Familie oder Gemeinschaft war, dann vielleicht Kunst oder Geschichte. Etwas in der Art. Sie war sich nicht sicher, was es für Morgan war, aber so sicher sie gerade mitten in West-Texas war, so sicher wollte dieser Mann ein Teil dieses Vorhabens sein. Sie konnte es in ihren Knochen spüren. Wenn sie ihn nur dazu bringen könnte, damit aufzuhören, dagegen anzukämpfen.

„Wir sind hier." Er sprang aus seinem Truck und murmelte einen gedämpften Fluch.

Sie brauchte ein paar Sekunden, um zu begreifen, was er tatsächlich gesagt hatte. Die Reaktion war ganz anders als das Verhalten, das sie bei den Farradays seit ihrer Ankunft beobachtet hatte.

Dann trat er die Tür mit dem Fuß zu, umkreiste mit fest zusammengepressten Lippen und einer Hand in der anderen die Motorhaube und öffnete mit beiden Händen ihre Tür. „Sorry deswegen. Aber ich will das schon ewig reparieren lassen."

„Ich habe schon Schlimmeres gehört." Viel Schlimmeres. Die seltsame Art, wie er seine Hände hielt, ließ sie neugierig werden. Als sie sah, dass Blut aus seinem festen Griff tropfte, wurde ihr klar, warum er geflucht hatte. „Du hast dich geschnitten."

Er zuckte mit den Schultern. „Nicht das erste Mal."

Der gleichmäßige, dünne rote Strom verriet ihr, dass es sich um eine größere Sache handelte, als er zugab. Ohne nachzudenken, zog sie ihren neuen Schal aus ägyptischer Baumwolle von ihrem Hals und ergriff seine Hand. Ein kurzer genauer Blick genügte. Sie wickelte hastig ihren Schal um seine Hand und als er versuchte, diese wegzuziehen, verhinderte sie es mit einem entschlossenen Ruck.

„Das ist ein schöner Schal. Ich wasche es einfach drinnen ab."

„Das braucht Druck." Sie ergriff die Hand. „Es würde mich nicht wundern, wenn du genäht werden müsstest."

Er hörte auf zu versuchen, seine Hand wegzuziehen. „Das ist nichts."

„Halt sie hoch." Sie packte sein Handgelenk und hob seine Hand. „Sie muss höher als dein Herz sein, um die Blutung zu verlangsamen. Lass uns dich hineinbringen, die Wunde säubern und dann herausfinden, ob du genäht werden musst."

Eine Seite seines Gesichts hob sich zu einem trägen Lächeln und er senkte das Kinn. „Ja, Ma'am, aber so schlimm ist es wirklich nicht."

„Männer. Wenn ich meine Hand wegziehe, kannst du dann Druck ausüben und deine Hand dort lassen, wo sie ist, bis wir drinnen sind?“

Funkelnde Augen lächelten sie an. „Ich glaube schon.“

„Und hör auf, dich über mich lustig zu machen. Das ist ernst.“

Um nicht zu lächeln, biss er sich auf die Unterlippe, aber das Lachen in seinen Augen verriet, dass er die Situation amüsant fand.

„Männer“, murmelte sie erneut. „Egal. Ich werde es machen. Lass uns gehen.“ Sie ließ ihre Handtasche im Auto, drückte ihre Hände auf die Wunde und stapfte zur Haustür.

„Ich habe mich nicht über dich lustig gemacht. Ich finde einfach die Vorstellung, dass meine Hand mit einem Schal verbunden ist, der wahrscheinlich mehr kostet als meine Stiefel … unterhaltsam. Ich kann das wirklich alleine machen.“

„Was du machen kannst, ist, die Tür mit deiner unverletzten Hand zu öffnen. Bitte.“

„Ja, Ma‘am.“ Morgan nickte, drehte den Türknauf und stieß die Tür auf.

Die Tür öffnete sich zu dem großen und leeren Wohnzimmer auf der rechten Seite. Valerie hatte erwartet, seine Tante noch immer auf dem Sofa liegen zu sehen. „Lass uns in die Küche gehen.“

„Gute Idee. Riecht lecker.“

Obwohl er ihr Gesicht nicht sehen konnte, verdrehte sie immer noch die Augen.

„Ich frage mich, ob Tante Eileen in ihrem Zimmer ist.“ Morgan bewegte sich nach rechts und zog sie mit sich.

Valerie zerrte leicht an seinem Arm. „Oh nein, das tust du nicht. Du kannst gleich nach Eileen sehen. Lass uns zunächst herausfinden, wie es dir geht.“ Sie öffnete eine Schublade in der Nähe und holte ein paar Spüllappen heraus, in der Hoffnung, dass der, den sie ausgewählt hatte, nicht einer von Eileens Lieblingslappen waren. „Ich nehme an, dass du nicht weißt, wo Verbände und Desinfektionsmittel aufbewahrt werden?"

Er schüttelte den Kopf. „Sorry."

Wenn seine Hand so schlimm war, wie sie dachte, musste sie vielleicht das Haus danach absuchen, oder jemanden finden, der wusste, wo es sein könnte. Aus einer Laune heraus öffnete sie die Türen der beiden nächstgelegenen Oberschränke und war überrascht, in einem davon fast alles zu finden, was sie brauchte. Größtenteils handelte es sich um Medikamentenflaschen und rezeptfreie Hustenmittel, aber sie fand auch eine antibakterielle Salbe und eine Schachtel mit verschiedenen Pflastern.

Erste-Hilfe-Artikel und Spüllappen standen auf der Theke bereit, und sie blickte gerade rechtzeitig zu ihrem Patienten auf, um Morgan dabei zu beobachten, wie er ihre Handlungen mit unerwarteter Zärtlichkeit im Blick verfolgte. Sie blinzelte heftig und widmete sich wieder ihrer Aufgabe, wurde jedoch langsamer, als sie spürte, wie sich sein Arm anspannte. „Tut das weh?"

Er schüttelte den Kopf. „Nicht wirklich."

„Nicht wirklich?" Sie verdrehte erneut die Augen und fuhr mit dem Lösen des provisorischen Verbands fort. In einem hatte Morgan recht: Sie hatte viel zu viel Geld für den Designer-Schal ausgegeben. Andererseits erwies sich der Baumwollstoff als hervorragender Verband. Die Wunde war vollständig freigelegt und bei weitem nicht so groß, wie sie auf den ersten Blick gedacht hatte.

„Ich habe dir gesagt, dass es nichts ist."

„Vielleicht." Sie benetzte den Lappen und wischte das trocknende Blut weg. Die Haut schien sich bereits zu schließen, aber der fehlende Druck rief wieder ein

Rinnsal Blut hervor. Schnell öffnete sie die Versiegelung einer großen Kompresse, gab etwas Salbe darauf und platzierte sie auf der Verletzung. „Es sieht nicht so schlimm aus, als müsste es genäht werden, aber ich empfehle dir, heute Abend kein Armdrücken zu veranstalten."

Morgan nickte. „Kein Problem."

„Ich würde es gerne abkleben, um zusätzlichen Druck zu erzeugen." Sie presste seine behandelte Wunde sanft in Richtung seiner Schulter, die einfachste Art, sie über seinem Herzen zu halten und ihn davon abzuhalten, sie übermäßig zu beanspruchen.

„Danke", er senkte die Hand, „aber es ist okay."

Noch einmal drückte sie sie sanft zurück an seine Schulter. „Lass sie oben."

Die Hintertür schwang auf und knallte zu.

„Ihr seid zurück." Sean Farraday hängte seinen Hut an einen Haken in der Nähe. „Wie ist es gelaufen?"

„Großartig." Val lächelte und zeigte mit dem Daumen auf Morgan. „Nur ein kleiner Unfall."

Stahlblaue Augen verengten sich unter dichten dunklen Brauen und studierten sorgfältig die Szene vor ihm. „Was ist passiert?"

„Nichts Schlimmes." Morgan hob seine Hand von seiner Brust, um sie seinem Onkel zu zeigen. „Ich habe mir an der losen Verkleidung an der Autotür eine kleine Schnittwunde zugezogen."

„Hat das Kunstwerk auf der Theke etwas mit dem kleinen Schnitt zu tun?" Seine Nase zuckte in Richtung des blutbefleckten gelben Schals.

Sogar Valerie musste zustimmen, dass die Verletzung bei weitem nicht so schlimm war, wie der schmutzige Schal vermuten ließ. „Es sollte schnell verheilen, wenn er es nicht übertreibt."

„Oh, dafür wird seine Tante sorgen."

„Apropos", Morgan warf einen Blick ins Wohnzimmer, „wie geht es ihrem Knöchel?"

„Gut."

„Ich habe erwartet, sie die nächsten Tage nur auf der Couch vorzufinden."

Sean schüttelte den Kopf. „Eher in der Scheune. Wir haben ein weiteres verstoßenes Kalb. Alle sorgen dafür, dass nun beide gefüttert und geliebt werden."

„Oh, wie traurig." Valerie konnte nicht verstehen, wie eine Mama etwas so Süßes verstoßen konnte.

Die Hintertür flog auf und Tante Eileen stampfte heftig mit den Füßen auf der Matte.

„Dem Knöchel scheint es ziemlich gut zu gehen", neckte Morgan.

Das Gesicht seiner Tante wurde für einen Moment bleich, bevor sie ein strahlendes Lächeln aufsetzte und nickte. „Ja, ich hatte großes Glück. Hätte viel schlimmer sein können."

Val war sich nicht sicher, hätte aber schwören können, dass sie bemerkt hatte, dass Onkel und Neffe verstohlene Blicke austauschten. Was sie zueinander sagten, wusste sie aber nicht.

„Nun", Morgan trat vor, legte einen Arm um seine Tante und küsste sie auf den Kopf. „Ich bin froh, dass es dir gut geht."

„Ich wünschte, ich könnte dasselbe über dich sagen. Warum hältst du deine Hand, als hättest du schweres Sodbrennen?"

„Das Auto hat ihn gebissen." Sean ging an den Kühlschrank und holte eine Flasche Milch heraus.

Valerie hatte nicht erwartet, dass Milch noch irgendwo in Flaschen erhältlich war.

Als Eileen sie mit großen Augen anstarrte, kicherte Morgan. „Nur ein Schnitt an der Hand. Mir geht es jetzt gut."

Mit noch immer großen Augen griff Eileen nach seiner Hand und drehte sie nach links und dann nach rechts. Stirnrunzelnd hob sie ihren Blick, um ihm in die Augen zu sehen. „Hast du das versorgt?"

Morgans Kopf drehte sich hin und her. „Das haben wir Florence Nightingale hier zu verdanken."

„Ha, ha, ha." Valerie widerstand dem Drang, ihm wie ein kleines Kind die Zunge herauszustrecken, und wandte sich stattdessen seiner Tante zu.

Eileens Blick wanderte von Morgans Hand zu Valerie, wobei sie den Schal erblickte. Sie wandte sich wieder Morgan zu. „Ich denke, du schuldest dem Mädchen einen neuen Schal."

„Ja, Ma'am. Das tue ich." Er deutete mit dem Kinn auf die Hintertür. „Wie geht es dem Pferd?"

„Gut. Du solltest ihr eine Karotte bringen." Seine Tante wusch sich an der Spüle ihre Hände. „Ich habe einen Haufen in der Speisekammer."

Er nickte.

„Nimm Valerie mit. Zeig ihr die Scheune."

Scheune? Diesbezüglich war sich Valerie nicht ganz sicher. Roch es dort nicht? Wie in: *streng*.

„Folge mir." Ich werde dir Cinnamon vorstellen."

Der Weg zur Scheune war gut beleuchtet. Als sie drinnen waren, stellte sie zu ihrer Freude fest, dass es überhaupt nicht so roch, wie sie erwartet hatte.

„Du runzelst die Stirn." Er schloss die Tür hinter ihr.

„Entschuldigung. Ich hatte erwartet, dass es riecht ..."

„Stinkt?" Er lächelte.

„Ja."

„Die Boxen werden oft ausgemistet. Meistens ist die Luft vom Duft von Heu und Leder erfüllt. Und hin und wieder Mist, aber hauptsächlich Heu und Leder. Besonders nach einem starken Regen."

Ein paar Meter weiter blieb er an einer Halbtür stehen und öffnete den Riegel. „Wie geht es dir, Mädchen?"

Valerie musste zugeben, dass es ihr nichts ausmachen würde, wenn der Mann sie in diesem leisen, rollenden Tonfall angurrte. Sie machte einen Schritt nach vorne und erstarrte dann.

„Alles in Ordnung. Sie wird dir nichts tun."

„Sie ist riesig."

„Nur sechzehn Hände."

„Hände?", schaffte sie, immer noch wie angewurzelt, zu murmeln. Sie wollte es nicht überprüfen, war aber bereit, ein Jahresgehalt darauf zu wetten, dass die Zähne des Pferdes ebenfalls riesig waren. Und schmerzhaft.

„Normalerweise etwa zehn Zentimeter. Die Größe wird bestimmt, indem man vom Boden bis zum höchsten Punkt des Widerrists des Pferdes misst."

Es hatte keinen Sinn zu fragen, was ein Widerrist war. Sie war immer noch froh, dass sie sich in sicherer Entfernung befand.

Er kraulte das Pferd hinter dem Ohr. Das Tier wackelte mit den Lippen und rollte mit dem Kopf, was Val einen Schritt zurücktreten ließ. „Wenn du ihr direkt die Nase reibst, wird sie lebenslang deine Freundin sein."

„Danke, aber ich werde verzichten." Was sie wirklich wollte, war, sich umzudrehen und wegzulaufen.

„Ich gehe davon aus, dass das bedeutet, dass du ihr keine Karotte geben willst?" Er zog eine aus seiner Tasche und legte sie auf seine offene Handfläche.

Valeries Verdacht bezüglich der Zähne des Pferdes wurde bestätigt. Sie schüttelte den Kopf und fragte sich zum ersten Mal seit Tagen: Was zum Teufel machte ein Stadtmädchen wie sie an einem Ort wie diesem?

KAPITEL SIEBEN

„Mom wird durchdrehen." Morgan hielt einen großen Teller mit Maisbrot in der Hand und reichte ihn nach rechts. „Du hast ihr wahrscheinlich auch nicht gesagt, dass wir hier Adam helfen, oder?"

Neil schüttelte den Kopf.

„Siehst du?" Morgan winkte seinem Bruder mit dem Arm zu. „Wie sollen wir also erklären, dass wir monatelang an einem Projekt dieser Größe arbeiten?"

„Wir könnten in Schichten arbeiten." Neil reichte seiner Tante den Brotteller. „Solange einer von uns ein paar Wochen am Stück zu Hause ist, wird Mom wahrscheinlich nicht bemerken, dass es sich hier nicht um irgendein gewöhnliches Projekt irgendwo in Texas handelt."

„Was ich nicht verstehe", Joanna nahm ein Rippchen von ihrem Teller, „warum sollte es für eure Mutter ein Problem sein, dass ihr alle hier seid?"

Dieselbe Frage war ihm mehr als einmal durch den Kopf gegangen, seit er in die Stadt gekommen war, um beim Wiederaufbau von Chloes Haus zu helfen. Sein Blick traf den seines Bruders. Neil schien keine bessere Antwort auf die Frage zu haben wie er. Keiner der Brüder tat das.

„Es ist kompliziert." Sein Onkel Sean schob sich eine Portion Spareribs auf den Teller.

Finn zuckte mit den Schultern. „Ich mochte Tante

Mariah immer. Immer wenn sie und Onkel Pat uns besuchten, brachte sie Grace und mir Süßigkeiten mit. Ich habe diese Pixie Sticks geliebt."

„Reiner Zucker", meckerte Onkel Sean.

Hannah hielt ihre Hände hoch. „Okay, gehen wir davon aus, dass ihr eure Mutter außen vorlassen könnt. Wollt ihr euch überhaupt auf die Sache mit der Geisterstadt einlassen?"

„Ich würde es mir zumindest gerne selbst ansehen", entgegnete Neil, bevor Morgan antworten konnte.

„Erstens", Morgan deutete mit seiner Gabel auf seinen Bruder, „wir wissen nichts über Fernsehproduktionen. Kameras und Filmcrews um uns herum zu haben, könnte ein Albtraum sein. Außerdem, sagt man nicht, dass diese Shows alle inszeniert sind?"

Neil zuckte mit den Schultern. „Keine Ahnung."

Mit fest zusammengepressten Lippen legte Tante Eileen den Kopf zur Seite und zog eine Schulter hoch. „Das sagt man tatsächlich über viele der beliebtesten Shows."

„Siehst du." Morgan wandte sich wieder seinem Bruder zu. „Wer hat Zeit zum Sanieren *und* Schauspielen? Außerdem weiß keiner von uns, ob es Valerie trotz ihrer Begeisterung für dieses Projekt ernst damit ist, uns einzubeziehen."

„Warum sollte sie es nicht ernst meinen?", fragte Joanna. „Schließlich passt ihr genau ins Bild."

„Was?", wiederholten Morgan und Neil.

Die drei Frauen am Tisch verdrehten die Augen.

„Ihr seid genau das, was sich jeder Produzent wünschen würde." Tante Eileen atmete tief aus. „Es gibt viele Dinge, bei denen die große und gutaussehende Art der Farraday-Gene sehr gefragt ist."

Sean hustete und räusperte sich.

„Neben dieser speziellen Sache." Tante Eileen starrte ihren Mann böse an und Joanna errötete tatsächlich. Eileen hob einen Finger. „Cover eines Liebesromans", dann einen zweiten, „und Reality-TV-Stars stehen dabei ganz oben auf der Liste."

Morgan hatte vor langer Zeit gelernt, dass die Farraday-Gene ihnen oft Türen öffnen konnten. Aber wenn es um die wichtigen Dinge im Leben ging, war ein hübsches Gesicht keinen Pfifferling wert. Es hatte nicht im Geringsten geholfen, als Carolyn seinen Antrag wegen seines leeren Bankkontos zurückwies, worauf ihm schließlich klar wurde, dass er das Geld der Familie nicht so ausgeben konnte, wie sie es wollte. Er schluckte den schlechten Geschmack hinunter, den die Erinnerung in seinem Mund hinterließ, und blickte zu seiner Tante. „Dass wir verwandt sind, hat Valerie explizit erwähnt. Die Cousins aus Oklahoma des in Texas ansässigen Clans. Aber hauptsächlich denke ich, dass ihr die Alliteration für den Titel gefällt."

„Das kommt noch dazu." Eileen hielt einen weiteren Finger hoch. „Ich frage mich, ob sie oft hierherkommt, um sich die Produktion anzuschauen?"

„Ich bin mir ziemlich sicher, dass sie nur auf der Akquisitionsseite tätig ist." Joanna leckte etwas Soße von ihrem Daumen. „Sie wird wohl nur an den Verhandlungen beteiligt sein, nicht an der Umsetzung. Zumindest glaube ich, dass sie das gesagt hat, als sie die Rechte an meinem anderen Buch erworben hat."

„Nein." Morgan neigte seinen Kopf nach links und dann nach rechts. „Sie hat mir ausdrücklich gesagt, dass sie hier sein wird, um alles zu überwachen."

Joanna zuckte mit den Schultern. „Vielleicht habe ich es falsch verstanden. An diesem Tag war viel los. Außerdem ist die Option auf mein Buch etwas anderes. Oft werden Rechte an Büchern erworben und dann doch nie in Produktion gebracht. Aber für die Renovierungsidee hat sie bereits einen Abnehmer."

„Also würde sie hierbleiben." Neil lächelte über

Joannas Kommentar. „Das könnte interessant sein."

Morgan gefiel der Glanz in den Augen seines Bruders heute nicht besser als damals, als Neil Valerie im Café kennengelernt hatte.

„Ich frage mich, ob sie eine Jeans besitzt." Tante Eileens Gesicht verzog sich nachdenklich.

„Guter Punkt." Sean nickte. „Keine einzige Frau aus unserer Gegend würde in einem Kleid und High Heels durch diese heruntergekommene Stadt laufen."

„Zumindest", mischte sich Hannah ein, „waren es keine sehr hohen Absätze."

Sean schüttelte den Kopf. „Hoch oder niedrig, ein Absatz sinkt im trockenen Sand einfach ein."

„Ich bin mir sicher, dass sie vernünftige Schuhe und auch andere Kleidung besitzt als die teuren Accessoires, die wir bisher gesehen haben." Tante Eileen winkte ihrem Mann zu. „Abgesehen davon, sie scheint wirklich an der Wiederbelebung von Sadieville beteiligt sein zu wollen."

Als er daran zurückdachte, wie aufgeregt Valerie über jede neue Entdeckung gewesen war, musste Morgan lächeln. Eigentlich brachte ihn heute fast alles, was sie betraf, zum Lächeln. Selbst sie, die in High Heels und Kleid der staubbedeckten Stadt trotzte.

„Und wieso grinst du wie eine Katze vor einer Schüssel Sahne?" Seine Tante sah ihn prüfend an.

„Ich denke gerade über den Spaziergang durch die alte Stadt nach."

„Aha." Seine Tante hielt ihren Blick auf ihn gerichtet.

„Es hat fast Spaß gemacht, zuzusehen, wie die Stadt durch ihre Augen zum Leben erwachte. Ihr hättet sehen sollen, wie ihr bei dem Gedanken an ein Hotelresorts mit gehobener Küche und einem Spa fast das Wasser im Munde zusammengelaufen ist."

„Gehobene Küche?" Während die Gabel auf

halbem Weg zu seinem Mund erstarrte, blickte Sean direkt in die Augen seiner Frau. „Ich hoffe, sie erwartet nicht, so etwas in Tuckers Bluff zu finden."

„Ich bin mir sicher, dass sie das nicht tut." Nach nur wenigen Stunden mit Valerie hatte Morgan keinen Zweifel daran, dass ihre Erwartungen an das bescheidene West-Texas alles andere als hoch waren. Sie war ein Großstadtmädchen, durch und durch. Sein Blick fiel auf seine verbundene Hand. Obwohl sie beim Anblick von Blut nicht gezuckt und ohne zu zögern die Kontrolle übernommen hatte und ihn, ohne nachzudenken, mit ihrem modischen Schal verbunden hatte. Dieses Mädchen aus der Großstadt war definitiv kein Weichei.

Der Teekessel pfiff und Meg schaltete den Herd aus. „Wie ist es gelaufen?"

„Besser als ich erwartet hatte." Während der gesamten Rückfahrt von der Ranch in die Stadt hatte Valerie alle Gedanken verarbeitet, die ihr durch den Kopf gegangen waren. Sie war sehr versucht gewesen, Eileens Einladung zum Abendessen anzunehmen, schon allein deshalb, weil ihre geschmorten Rippchen göttlich geduftet hatten. Doch bei ihrem Besuch in der alten Stadt waren so viele Ideen entstanden, dass sie Zeit brauchte, um alles zusammenzufügen. Wenn sie ehrlich zu sich selbst war, wäre es außerdem eine zu große Ablenkung gewesen, mit Morgan Farraday am selben Tisch zu sitzen. Irgendetwas an diesem Mann machte es ihr wirklich schwer, ihm zu widerstehen. Vielleicht war es der Hut. Oder die Stiefel.

Wen wollte sie veräppeln? Sein bloßes Lächeln ließ ihren Magen Purzelbäume schlagen, und das Funkeln in seinen Augen, wenn er sie ansah, ließ ihr Herz tanzen. Sie benahm sich wie ein hormongesteuerter Teenager. Sie musste sich wirklich zusammenreißen und sich auf die Arbeit konzentrieren. Sie hatte etwas zu erledigen.

„Klopf, klopf." Die Stimme einer Frau hallte durch den Flur.

„In der Küche, Becky", rief Meg.

„Hallo." Eine hübsche Brünette mit einem Pferdeschwanz, der ihr über den Rücken baumelte, hüpfte in den Raum. „Caitlin ist direkt eingeschlafen und D.J. sitzt wie gefesselt vor dem Sportkanal. Also bin ich hierhergekommen."

„Gerade rechtzeitig." Meg öffnete die Ofentür. „Der Blaubeer-Streuselkuchen ist fertig."

„Du *backst*?" Die Überraschung in der Stimme der Frau ließ Val glauben, dass dies etwas Außergewöhnliches war.

„Natürlich nicht." Meg stellte die warme Form auf einen Untersetzer. „Toni hat ihn gemacht. Ich habe ihn nur in den Ofen geschoben und darauf gewartet, dass der Timer klingelt."

Die Brünette ließ sich auf einen nahegelegenen Hocker fallen. „Gott sei Dank. Ich weiß nicht, ob ich Blaubeer-Streuselkuchen hätte ablehnen können, selbst wenn du ihn gebacken hättest."

Meg verdrehte die Augen. „So schlecht backe ich nun auch wieder nicht. Becky, sag Hallo zu Valerie Moore. Becky ist meine Schwägerin. Sie ist mit D.J. verheiratet, dem Bruder meines Mannes."

Es verging keine weitere Minute, bis Abbie aus dem Café hereintrottete, die Runde machte und alle umarmte. „Meine Füße bringen mich um. Ich würde jetzt nur zu gerne in einem Meer aus Daunenfedern versinken."

„Dann willst du kein Stück Streuselkuchen?", neckte Meg.

„Natürlich will ich. Ich bin vielleicht müde, aber ich bin nicht dumm." Um alle zu beruhigen, beugte sie sich etwas gerader vor und betrachtete den abkühlenden Kuchen. „Ich schwöre, die Welt ist verrückt geworden. Felix hat mir das Exemplar der Zeitung dieser Woche vorbeigebracht. Alles, worüber man redet, war der Artikel über die Hunde. Es scheint, dass es einen Schwarzmarkt für gestohlene Rassehunde gibt. Seitdem jemand eine sechsstellige Belohnung für das Zurückbringen des Hundes eines Filmstars erhielt, ist daraus ein großes Geschäft geworden."

„Ich habe gelesen, dass sie vermuten, dass es sich bei der Person, die den Hund gestohlen, und der, die die Belohnung eingesammelt hat, wahrscheinlich um dieselbe Person handelt." Meg zeigte auf Abbie „Außerdem wurde eine französische Bulldogge direkt aus dem Garten des Bürgermeisters von Butler Springs gestohlen." Sie fanden es heraus, als der neue Besitzer, der fast zehntausend Dollar dafür bezahlt hatte, ihn zur Untersuchung zum Tierarzt brachte und man dort den Chip fand."

Becky schüttelte den Kopf. „Ich bin so froh, dass wir uns hier in Tuckers Bluff nicht mit solchen verrückten Dingen herumschlagen müssen."

„Ich bin wieder da." Die Frau, die Val zuvor als Toni, eine weitere Schwägerin, vorgestellt worden war, hüpfte in den Raum, beugte sich vor, um Becky einen Kuss auf die Wange zu geben, und landete auf dem Sitz neben Valerie. „Helen ist wirklich ein Musterkind geworden, wenn es ums Schlafengehen geht. Brooks ist heute Abend nicht auf Abruf, deshalb habe ich beschlossen, dass ich mir ein Stückchen von dem Streuselkuchen gönnen werde, den ich dir hiergelassen habe."

„Dann bist du gerade noch rechtzeitig gekommen." Becky lachte.

Valerie wusste nicht, was sich hier im Wasser befand, aber für diese Frauen war Umarmen eine Lebenseinstellung, und sie strotzen vor Elan und Energie. „Ist es abends immer so voll?" Sie hoffte, dass das bei den anderen nicht so bissig herüberkam, wie es in ihren eigenen Ohren klang.

Meg holte einen Stapel Teller aus dem Schrank und schüttelte den Kopf. „Normalerweise nicht, aber manchmal, wenn uns die Sterne hold sind, haben wir die Chance, zusammen abzuhängen." Sie platzierte vor jeder Frau ein Gedeck und noch ein zusätzliches.

„Erwarten wir noch jemand?"

Alle Frauen nickten.

Meg schob ein Stück Kuchen auf ihren Teller. „Die Chancen stehen ziemlich gut, dass Allison auch anhalten wird, wenn sie vorbeifährt und die Autos vor der Tür sieht. Die Frau arbeitet zu hart."

„Noch eine Schwägerin?"

„Ethans Frau. Sie und Brooks leiten das neue Krankenhaus hier in der Stadt."

„Außerdem", Toni verteilte Gabeln, „wird sie aus erster Hand alles darüber erfahren wollen, dass Hollywood nach Tuckers Bluff kommt."

„Moment." Becky hob die Hände. „Seit wann soll Hollywood nach Tuckers Bluff kommen?"

Toni griff nach einer Serviette. „Seitdem Valerie hier beschlossen hat, eine Reality-TV-Show mit den Cousins aus Oklahoma zu machen. Sie sollen die alte Geisterstadt auf Vordermann bringen."

„Sollte ein großer Erfolg werden." Meg stellte ihr Glas ab. „Es gibt viele Frauen, egal ob Fans von Renovierungsshows oder nicht, die sich jede Woche bereitwillig dreißig Minuten einen Farraday-Bruder ansehen würden, unabhängig davon, ob er weiß, wie man mit Hammer und Nagel umgeht."

„Dazu kommt noch, zu sehen, wie etwas so Geschichtsträchtiges wieder zum Leben erweckt wird. Das ist wirklich cool." So vertieft in ihren Kuchen und ihre Gesellschaft, bemerkte keine der Frauen, dass eine Brünette, höchstwahrscheinlich die Ärztin, die sie erwarteten, leise den Raum betreten hatte und das Gespräch ohne Unterbrechung aufnahm. „Die Idee mit dem Spa gefällt mir besonders gut."

Val war sich nicht so sicher, woher diese Leute so viel über ihre Show wussten, da sie doch erst heute Nachmittag damit angefangen hatte, Einzelheiten auszuarbeiten.

Toni legte ihre Gabel beiseite. „Ich gebe zu, ich bin besonders gespannt darauf, wer das nette Restaurant leiten soll. Diese Stadt braucht wirklich etwas Ausgefalleneres als das Café oder das Pub." Die hübsche Blondine beugte sich vor und tätschelte Abbies Knie. „Das soll nicht gegen dich gehen."

Abbie schüttelte den Kopf und winkte ihrer Schwägerin zu. „Ich verstehe dich. Manchmal habe ich auch genug von Franks Kochkünsten."

„Ich gebe offen zu, dass D.J. ein besserer Koch ist als ich", prahlte Becky mit ihrem Mann. „Ich vermute, das liegt daran, dass Tante Eileen besser kocht als meine Großmutter. Und Gott weiß, meine Mutter konnte nicht einmal Wasser kochen."

„Nun, ich koche ganz gut." Toni kratzte sich verlegen an ihrer Schulter.

„Du zählst nicht." Meg winkte ihrer langjährigen Freundin mit dem Finger zu. „Du bist Italienerin. Leckeres Essen zuzubereiten, ist Teil deiner DNS."

„Trotzdem", Toni wandte sich an Valerie, „ist es schön, etwas vor sich zu haben, das mit Zutaten zubereitet wurde, die man nicht in seinem eigenen Kühlschrank findet."

„Gut zu wissen." Val lächelte Toni an. „Aber woher wisst ihr so viel darüber? Ich bin erst seit einer

Stunde zurück."

Meg war die Erste, die lachte. „Ich vermute, Tante Eileen hat es einer der Ladies vom Pokerclub gegenüber erwähnt."

„Von da aus", Toni schaute zu Valerie, „hat es sich höchstwahrscheinlich in der halben Stadt ausgebreitet."

„Und diese Hälfte", Abbie griff nach ihrer Teetasse, „kam ins Café, um alles mit dem Rest der Stadt zu teilen."

„Ich verstehe." Nicht, dass sie irgendwelche Geheimnisse hatte – noch nicht –, aber sie musste sich daran erinnern, dass das Kommunikationsnetzwerk von Tuckers Bluff effizienter war als die Western Union.

„Also", Becky griff nach einem weiteren Stück Kuchen, „ich habe gehört, dass das Monate dauern könnte. Wirst du so lange hierbleiben?"

„Ich weiß es noch nicht." Val hatte noch von niemandem grünes Licht bekommen, aber sie wusste, dass dieses Konzept ein Volltreffer war und der Sender wollten, dass sie eine weitere Renovierungssendung machte.

„Ich habe gehört, dass Neil sich auch alles ansehen möchte." Meg schnitt noch mehr Kuchen.

„Wirklich?" Das waren gute Nachrichten. „Ich frage mich, ob er morgen Zeit hat?"

Die Frauen blickten in einer seltsam koordinierten stillen Botschaft von links nach rechts. Valeries Leben bestand nicht unbedingt darin, mit vielen Freundinnen Zeit zu verbringen. Abgesehen von Marilyn hatte ihr ihr beruflicher Werdegang seit dem College nicht viel Zeit für Freunde gelassen. LA war weitläufig und Karriere- und Lebensstiländerungen machten es in ihrem Business schwer, mit Freunden abzuhängen. Dennoch hatte sie das Gefühl, dass sie die einzige Person im Raum war, die nicht in ein Geheimnis eingeweiht war. „Übersehe ich etwas?"

Meg holte tief Luft. „Hast du, ähm, vernünftige Schuhe?“

„Natürlich.“ Das war eine dumme Frage. „Gucci macht tolle Wedges, wenn ich viel laufen muss.“

Derselbe Blick wanderte von einer Schwägerin zur nächsten.

Meg bewegte einmal ihr Kinn. „Ich dachte an etwas Robusteres. Wie Cowboystiefel oder etwas mit Schnürsenkeln.“

Schnürsenkel?

Becky schluckte ihren letzten Bissen hinunter und grinste sie an. „Was ist mit Jeans? Du musst Jeans haben.“

Langsam nickte sie. Allerdings hatte sie das Gefühl, dass die Zweihundert-Dollar-Jeans, die zu Hause in ihrem Kleiderschrank hingen, nicht das waren, was diese Frauen im Sinn hatten.

„Du siehst nicht sonderlich überzeugend aus“, sagte Allison mit einem dünnen Lächeln. „Als ehemaliges Mädchen aus Nordkalifornien gehe ich davon aus, dass die Jeans, an die du denkst, nichts sind, was man in der Nähe von Beton oder Farbe tragen möchte?“

Val spürte, wie sich ihre Augen weiteten, als hätte sie ihren nassen Finger in eine Steckdose gesteckt.

„Das habe ich mir gedacht.“ Allison ging zum Teekessel. „Du siehst aus, als hättest du die Größe von Meg.“

„Ich habe ein paar, in die ich seit Fionas Geburt nicht mehr passe. Du hast freie Auswahl.“

„Wenn du Schuhe in Größe vierzig trägst, habe ich ein Paar schicke Stiefel, die etwas zu groß für mich sind“, warf Toni ein. „Du kannst sie haben.“

„Stiefel?“, murmelte sie.

„Hast du je ein Paar anprobiert?“ Toni sprang mit der leeren Tasse in der Hand von ihrem Platz. „Sobald du die Dinger einmal eingelaufen hast, sind sie bequemer als Hausschuhe.“

„Niemand“, Meg schüttelte den Kopf, „will ein eingelaufenes Paar Stiefel hergeben. Weder Mann noch Frau.“

Als der Mädchenabend vorbei war, hatte sie mehr Streuselkuchen gegessen als das ganze Jahr über. Sie hatte nicht nur eine, sondern zwei der bequemsten Jeans, die sie je getragen hatte, und Toni war nach Hause und zurück gerannt, um butterweiche Cowboystiefel zu holen, die genauso gut für sie hätten maßgefertigt sein können. Außerdem hatte Becky einen echten Cowboyhut – oder hieß das bei ihr Cowgirlhut – gespendet, der definitiv die Sonne von ihrem Gesicht fernhalten würde. Als sie vor dem Spiegel stand, sah sie selbst mit ihrem ordentlich gebügelten Button-Down-Hemd aus, als wäre sie von der Titelseite von *Southwest Ranch and Family* gefallen. Der Look wäre nicht ihre erste Wahl gewesen, aber guter Gott, sie rockte ihn.

KAPITEL ACHT

„Wie geht es der Hand?"

Nachdem er diese Stimme nur ein paar Tage – und davon nur ein paar Stunden – gehört hatte, erkannte er sie sofort. Das Seltsame war, dass er schon beim bloßen Klang lächeln wollte. Als er den Eimer mit Putz auf den Boden stellte, drehte er sich um und sah Valerie im Türrahmen stehen. Er blinzelte zweimal und hob beinahe die Hände, um den Unglauben aus seinen Augen zu wischen. Das Letzte, was er erwartet hatte, war eine Frau, die bis auf den bunten Schal, den sie lose um den Hals gebunden hatte, und die riesige dunkle Brille in ihrem Gesicht aussah, als wäre sie in West-Texas geboren und aufgewachsen. Während sein Gehirn an *Wow* dachte, murmelte sein Mund: „Schöne Stiefel."

Sie hob ihre Zehen und rollte sich auf den Fersen zurück. „Die Mädels hatten recht. Die sind ziemlich bequem."

„Sie stehen dir gut." An ihr sah alles gut aus. Zu gut.

„Danke." Sie neigte ihr Kinn in Richtung seine Hand. „Ich schätze, sie ist wieder in Ordnung?"

Er neigte den Kopf und wackelte mit den Fingern. „Ab und zu erinnert sie mich noch daran, dass ich mich geschnitten habe, aber meistens merke ich es fast nicht."

„Gut. Ich weiß, wie viel es Meg bedeutet, das alles

fertigzustellen, und gestern war dank unseres Ausflugs nach Three Corners Pause."

„Mit der Hilfe von Neil waren die neuen Rigipsplatten schnell aufgebaut und verspachtelt. Als nächstes verputzen wir und während es trocknet, kann Neil in die Stadt fahren."

Sie drehte den Kopf und suchte den Raum ab. „Wo ist er?"

„Der Putz wird knapp, also holt er einen weiteren Sack, während ich den Rest verarbeite"

„Nun, ich schätze, ich lasse dich besser weiterarbeiten." Sie trat einen Schritt zurück und drehte sich halb um, um ihm noch einmal zu zeigen, wie gut die Jeans ihrer Figur schmeichelte.

„Eigentlich bin ich fertig." Und das war auch gut so. Es war ihm gelungen, die Originalversion von Valerie – wie damals auch Carolyn – in die Kiste mit der Aufschrift *Ehrgeiziges Großstadtmädchen* zu stecken. Diese neue Version jedoch war einen Hauch zu ablenkend. „Ich muss nur diese Werkzeuge abspülen und dann gehöre ich ganz dir." Ihre Augen weiteten sich für einen Moment, bevor ein Lächeln über ihr Gesicht huschte und er sich schnell wünschte, er hätte andere Worte gewählt. „Entschuldigung, ich meinte nicht …"

„Schade." Sie drehte sich auf dem Absatz ihres Stiefels um und tänzelte für ein kalifornisches Mädchen großartig aus der Tür. Vielleicht waren es die Stiefel, aber irgendwie glaubte er das nicht.

Nachdem er alles beiseitegelegt und sich die Hände abgewischt hatte, öffnete sich die Tür zur Privatwohnung und für einen Moment dachte Morgan, es könnte noch einmal Valerie sein.

„Nun, das war ein interessanter Spaziergang durch die Stadt." Neil ließ den Sack Putz und ein paar andere Gegenstände neben der Tür auf den Boden fallen.

„Scheint, die Schwestern sind aufgebracht."

„Aufgebracht? Diese süßen alten Ladies?"

Neil verdrehte die Augen und sah seinen Bruder an. „Ich scherze nicht. Sie haben, wie alle anderen in der Stadt, gehört, dass Valerie eine Reality-TV-Show machen möchte, die sich um Three Corners dreht."

„Und ihnen gefällt die Vorstellung nicht, dass jemand anderes um die Stadt ihrer Vorfahren wetteifert?"

Neil schüttelte den Kopf. „Ganz und gar nicht. Offenbar wollten sie Helfer engagieren, um die Stadt auf Vordermann zu bringen, aber sie haben wegen der Geister aufgegeben."

Morgan verschluckte sich an seiner eigenen Spucke. „Entschuldigung?"

„Du hast mich richtig verstanden. Sie denken, dass es dort spukt."

Der Drang zu lachen war überwältigend, aber der ernste Gesichtsausdruck seines Bruders schien kein Lachen zu erlauben. „Du machst keine Scherze, oder?"

„Nicht ansatzweise. Auch wenn du und ich nicht an Geister glauben, sind die beiden Schwestern davon überzeugt, dass eine Frau dort herumspukt. Für uns mag es verrückt klingen, aber für sie ist es sehr real. Anscheinend ist das der Grund, warum sie aufgehört haben, die Stadt selbst zu sanieren."

„Das ist lächerlich. Wir alle wissen, dass alte Häuser in der Nacht knarzen und der Wind durch Schornsteine und Ritzen weht. Wenn dann noch ein paar kreischende Eulen dazukommen, kann man fast jeden Menschen mit einer lebhaften Fantasie erschrecken."

„Ich weiß nur, dass sie ziemlich überzeugt waren und bei dem Gedanken, dass wir mehr als nur einen Tagesausflug in Erwägung ziehen, fast bestürzt zu sein schienen."

„Der Geist oder die Geister kommen also nur nachts heraus?“

Neil zuckte mit den Schultern. „Sie waren nicht besonders konkret. Ob du es glaubst oder nicht, ich habe mein Bestes gegeben, um zu fliehen, damit ich rechtzeitig zurück bin, um dieses Zimmer noch vor Einbruch der Dunkelheit für Meg zu vollenden.

„Und das ist das Stichwort. Ganz gleich, wer das Projekt übernimmt, wenn es überhaupt jemand übernimmt, bezweifle ich, dass er viel Nachtarbeit leisten wird.“

„Nun ja, wenn wir nicht langsam in die Pötte kommen, werden wir diejenigen sein, die Nachtarbeit leisten.“ Neil griff nach dem Türknauf. „Wer fährt, großer Bruder?“

„Natürlich ich. Niemand außer mir fährt meinen Truck.“

„Ich war mir nicht sicher, ob du und dein Truck nicht gestritten seid, nachdem sie dich gebissen hat.“ Neil unterdrückte ein Lachen. „Du weißt, wie launisch Frauen sein können.“

Morgan schlug seinem kleinen Bruder leicht auf den Hinterkopf. „Trotzdem fahre ich.“

Val eilte den beiden durch die Haustür hinterher, als Neils Telefon klingelte. „Farraday.“

Morgans Hand legte sich sanft auf ihren Rücken und schob sie die Stufen hinunter. Durch die einfache Geste fühlte sie sich seltsam besonders und sicher.

„Ja, Mr. Harrigan. Einen Moment bitte.“ Neil tippte auf sein Telefon. „Es ist Harrigan wegen des Jobs in Tulsa, für den wir ein Angebot gemacht haben. Gib mir zehn Minuten.“

Morgan nickte. „Nach dem, was ich über Harrigan weiß, werden aus diesen zehn Minuten mindestens zwanzig, vielleicht auch mehr."

„Sollen wir wieder reingehen und warten?"

„Eigentlich glaube ich, dass ich einen kurzen Spaziergang zum Sisters machen möchte. Um ein wenig Plaudern."

„Über die Geister?"

„Du hast davon gehört?"

„Oh ja." Als sie nach dem Frühstück vorbeigekommen war, um mit den Schwestern als Eigentümerinnen eines der Grundstücke in der Stadt über ihre Ideen zu sprechen, hatten ihr die Schwestern ein Ohr abgekaut. „Es scheint, als hätten sie Angst gehabt."

„Habe ich auch gehört."

Wieder ruhte seine Hand auf ihrem Kreuz, während er sie die Straße entlangführte, und sie wünschte sich, es gäbe einen Vorwand für ihn, sie dort zu lassen.

„Alte Häuser knarzen, pfeifen und wackeln. Die Ruhe und Stille der tiefen Nacht lässt sie noch lauter klingen."

„Schreien alte Häuser auch um Hilfe?"

Morgan blieb wie angewurzelt stehen. „Was?"

„Die Stimme einer Frau schrie immer wieder: *Helft mir*. Das hat die beiden Schwestern in die Flucht geschlagen, und sie sind seitdem nicht zurückgekehrt."

„Okay." Er begann wieder zu laufen. „Nicht, was ich erwartet hatte, aber ich bin dankbar für die Vorwarnung."

Nur ein paar Türen weiter blieb Morgan erneut stehen. Sein Blick wanderte vom Schild im Hof zu der offenen Eingangstür, dann die fast drei Stockwerke hohen Säulen hinauf und zurück. Kurz darauf kam ein junger Mann von der Größe eines NFL-Linebackers aus der Tür und trug mit der gleichen Leichtigkeit, mit der Valerie eine Tüte Kartoffelchips tragen würde, eine große Kiste die Stufen hinunter.

„Morgen." Der Linebacker winkte und jonglierte den riesigen Karton irgendwie mit nur einer Hand.

„Wie ich sehe, verkaufen Sie." Morgan zeigte auf das Schild.

„Nicht ich. Meine Mom. Na ja, eigentlich meine Großmutter. Sie hat dieses alte Haus seit Ewigkeiten, aber keiner von uns will etwas so Großes, weswegen Mom und sie sich einigten, dass es Zeit ist."

„Wayne, vergiss nicht, mir die leeren Kartons aus dem Auto zu bringen." Eine schlanke Frau mit graumelierten Haaren, die die West-Texas-Uniform aus Jeans und Cowboystiefeln trug, lächelte den Linebacker an und richtete ihre Aufmerksamkeit dann auf Valerie und Morgan. „Guten Morgen!"

„Morgen." Morgan tippte seinen Hut an. „Das ist ein schönes Haus."

„Das stimmt." Die Frau blickte nach oben und über ihre Schulter auf die ausgedehnten Säulen. „Möchten Sie einen Blick hineinwerfen?"

Das Erste, was Valerie immer wieder überraschte, war die Freundlichkeit der Fremden hier. Das Zweite, was ihr auffiel, war das Funkeln in Morgans Augen, das Erinnerungen an den Glanz in den Augen ihres Neffen am Weihnachtsmorgen weckte.

„Vielen Dank, Ma'am. Das wäre sehr nett."

Und dass jeder *Ma'am* benutzte, war das Dritte, woran sie sich noch nicht gewöhnt hatte.

Am oberen Ende der Treppe angekommen streckte Morgan seine Hand aus. „Morgan Farraday. Freut mich, Sie kennenzulernen."

„Sie sind keiner von Brians Jungs, oder?"

Morgan schüttelte den Kopf. „Nein, Ma'am. Patrick."

„Ah. Ich habe Patrick nicht mehr oft gesehen, seit

seine Frau auf ihr hohes Ross gestiegen und aus der Stadt geritten ist." Die Frau drehte sich zur Tür um, blieb dann stehen und wirbelte herum. „Nichts für ungut. Sie war eine liebenswerte Frau."

„Ja, Ma'am." Morgan nickte und folgte der Frau ins Haus, dann trat er zur Seite, um Valerie als Erste hineinzuwinken.

Sie könnte sich wirklich an all diese Cowboy-Ritterlichkeit gewöhnen.

„Es ist Zeit für eine Verkleinerung. Die Familie ist so verstreut, dass ich zu Thanksgiving nicht einmal mehr ein volles Haus habe. Kommt mir albern vor, es nur für mich in Schuss zu halten."

„Sie sind die Großmutter?" Valerie wollte nicht so überrascht klingen, aber abgesehen von den ergrauenden Haaren sah sie viel zu jung aus, um die Großmutter des Linebackers zu sein.

Die Frau lachte. „Ich nehme das als Kompliment."

„Sie müssen sehr jung gewesen sein, als Sie angefangen haben, eine Familie zu gründen." Valerie konnte nicht darüber hinwegkommen, dass diese Frau als ihre eigene Mutter durchgehen könnte.

„Ich war zweiunddreißig, als ich meinen Benny bekam. Fünfunddreißig, als Waynes Mutter geboren wurde."

Val rechnete schnell nach und erkannte, dass die Dame mindestens fünfundsiebzig Jahre alt sein musste. Vielleicht hatte das Leben in West-Texas noch mehr zu bieten als nur Cowboystiefel und dergleichen.

„Es braucht ein wenig Arbeit." Die Frau hob eine Kiste aus der Ecke neben dem Eingang auf. Aufrecht und mit strahlendem Lächeln, spiegelte ihr Blick den Stolz wider, den sie für ihr Zuhause hegte. „Nicht so schlimm wie einige der verlassenen Häuser, die man in dieser Gegend findet, aber nicht so makellos wie damals, als Herbert und ich es gekauft haben."

Morgan fuhr mit den Fingern über die Holzverkleidung. „Schöne Handwerkskunst."

„Das liegt daran, dass es zu einer Zeit gebaut wurde, als die Menschen tatsächlich stolz auf ihre Arbeit waren. Trotz seines Alters ist keine einzige Wand aus dem Lot. Sogar brandneue Häuser scheinen Schwierigkeiten zu haben, das Konzept einer Wasserwaage zu verstehen."

„Wenn Sie wüssten." Er ging langsam vorwärts und warf einen Blick in den ersten Raum zu seiner Linken.

„Ich muss die hier nach oben bringen." Sie jonglierte zwei große leere Kartons. „Sehen Sie sich gerne um."

Valerie folgte ihm in den ersten Raum. Der Grundriss erinnerte sie ein wenig an das Haus von Meg. „Es ist größer, als es von außen aussieht."

„All diese historischen Häuser täuschen in ihrer Größenwahrnehmung."

Sie gingen durch einen weiteren Raum, der wahrscheinlich einst ein Esszimmer gewesen war. Von dort aus gelangten sie in die Küche. Höchstwahrscheinlich einige Male in ihrer Geschichte modernisiert. Sie würde vermuten, dass das letzte Mal vor mindestens dreißig Jahren gewesen sein musste oder wie lange es auch her sein mochte, dass Schränke aus Honigeiche beliebt waren. Als sie zur anderen Seite des Hauses kamen, hörte sie Morgan scharf einatmen, als er die nächste Schwelle überschritt.

„Alles in Ordnung?"

Er trat zur Seite und ließ sie zuerst den Raum betreten. „Ich hatte einfach nicht damit gerechnet, das zu finden. So viele Menschen entfernen die Täfelungen und Regale in ursprünglichen Bibliotheken, um sie in ein Arbeitszimmer, einen Medienraum, ein Spielzimmer für die Kinder oder irgendeinen angesagten

Schnickschnack zu verwandeln.“

Beim Anblick der vom Boden bis zur Decke reichenden Bücherregale klaffte ihr Mund auf und deutete nach oben. „Es gibt sogar eine Messingreling für eine Rollleiter.“ Sie blickte sich schnell im Raum um und suchte nach der Leiter oder Überresten davon, fand aber nichts.

„Sieht danach aus.“ Sein Blick wanderte auf die gleiche Reise wie ihrer, höchstwahrscheinlich auch auf der Suche nach der Leiter.

Sie betrachtete die riesigen leeren Regale und berührte vorsichtig eines der Holzbretter. „Seit ich ein kleines Mädchen war und mit meiner Mutter den Film *My Fair Lady* gesehen habe, träumte ich davon, eine Bibliothek wie Professor Higgins zu haben.“

„Wirklich?“ Sein Blick richtete sich auf ihren. „Ich hätte nicht vermutet, dass du Fan von Bibliotheken bist. Nichts für ungut.“

„Schon gut.“

„Bei mir war es ein Versicherungswerbespot, der in der alten Bibliothek der Fordham University in New York gedreht wurde.“

„Alumni?“

„Nicht dieser Junge aus Oklahoma.“ Er kicherte. „Die Wunder des modernen Internets. Es war ziemlich einfach, den Ort zu googeln. Der Werbespot war ziemlich cool.“

„Hast du dort, wo du jetzt wohnst, eine Bibliothek?“, fragte sie.

Er schüttelte den Kopf. „Nein. In Dads Büro gibt es ein paar Regale und ein paar Bücher, aber es gleicht eher einer Männerhöhle als einer Bibliothek. Was ist mit dir?“

„Ich fürchte nicht.“ Sie legte den Kopf schief und zuckte nur mit den Schultern. „Lesestoff und die fordernde Fernsehindustrie scheinen einander nicht zuträglich zu sein."

„Da kann ich nicht mitreden. Aber manche Leute sagen vielleicht dasselbe über Viehzüchter und Lesestoff."

Sie zuckte mit den Schultern und runzelte die Stirn. „Mit welcher Art von Büchern würdest du diesen Raum füllen?"

„Das ist einfach." Er grinste. „Mit allen."

„Allen?"

Er nickte. „Warum, hast du etwas Bestimmtes im Sinn?"

„Ich mag Biografien. Ich liebe es, die Wahrheit über die Geschichte zu erfahren. Wenn ich die Zeit finde, ein bisschen fernzusehen, kann ich Stunden damit verbringen, in den digitalen Kaninchenbau vorzudringen und die Vergangenheit mit der Fernsehinterpretation davon zu vergleichen. Und natürlich Mystery und Krimis. Wahrscheinlich ist der Wunsch, Amateurdetektiven zu sein, tief in mir verwurzelt, weil ich Jessica Fletcher jeden Sonntagabend dabei zusah, wie sie ein Verbrechen nach dem anderen in Cabot Cove aufklärte. Aber da drüben", sie zeigte auf die Wand hinter ihm, „würde ich jedes einzelne dieser Regale mit meinen liebsten Liebesromanen füllen."

Sein Blick folgte ihrem Finger von der Decke zum Boden und zurück. „Das sind eine Menge Liebesromane."

„Stimmt. Ein Mädchen kann nie genug bequeme Schuhe, zu viele Freunde oder zu viele gute Bücher haben."

„Das scheint eine gute Philosophie zu sein. Aber trägst du immer High Heels?"

Ihre Hände hoben sich in einer *Na-und*-Geste. „Wer sagt, dass sie nicht bequem sind?"

„Mein Fehler." Er lächelte.

Sie wusste, dass er ihr nicht glaubte. Gerade als sie sich vornahm, sich die Zeit zu nehmen, einige dieser Freunde anzurufen, mit denen sie seit Äonen nicht gesprochen hatte, wechselten ihre Gedanken wieder einmal die Richtung. „Ich frage mich, wie schwer es wäre, die Leiter zu erneuern."

„Nicht besonders."

Es dauerte einen Moment, bis ihr klar wurde, dass Morgan im Geiste das schöne alte Zimmer vermaß und höchstwahrscheinlich auch wiederherstellte. „Ich hoffe, dass die richtige Person dieses Haus bekommt. Auch wenn ich aus der Branche bin, würde ich nur ungern sehen, wenn dieses Zimmer in einen langweiligen Medienraum für schlecht gelaunte Teenager umgebaut werden würde."

Morgans Kopf bewegte sich und Neils Stimme hallte durch die Haupthalle.

„Hier drin." Morgan blickte weiter auf die oberen Regale im Raum.

„Bereit, wenn ihr es seid." Neil lehnte sich an die Tür und pfiff. „Nicht übel. Nimmst du jetzt Ausschreibungen an?"

Morgan schüttelte den Kopf hin und her. „Nein, das ist immer noch Owens Job. Nur persönliche Neugier."

„Nun, ich persönlich bin neugierig auf Three Corners, also machen wir uns auf den Weg." Neil trat von der Tür zurück und gab Morgan und Val genügend Platz, um ihnen den Weg zur Straße zu weisen.

Mit der Hand am Türknauf blickte Val zum Abschied über die Schulter auf die weitläufige Treppe, die in den zweiten Stock führte. Einst muss dies ein verdammt tolles Haus gewesen sein.

„Das hätte wirklich bis morgen warten können." In einer Hand hielt Meg ein Tablett mit frischgebackenen Brötchen und mit der anderen schob sie die Ofentür zu. „Aber ich gebe zu, ich war begeistert, den Raum zu betreten und zu sehen, dass alles in einer so schönen Farbe gestrichen ist."

Als ob sie zustimmen würde, schlug Fiona mit den Händen auf das Tablett und grinste.

„Seht ihr. Sogar Fiona liebt die Farbe."

„Ich persönlich", Adam holte mehrere Gläser aus dem Schrank, „glaube, sie freut sich einfach über die Milchbrötchen."

Meg warf ihrem Mann einen schmallippigen Blick zu, der nicht für die breite Öffentlichkeit bestimmt war. Adam zuckte mit den Schultern, lächelte und küsste sie auf die Wange, als er an ihr vorbeiging, wodurch der eisige Blick sofort schmolz.

„Wie ich schon sagte", fuhr Meg fort, „wir lieben es. Danke."

„Da kann ich voll und ganz zustimmen." Adam stellte jedem Cousin ein Glas hin. „Danke euch."

„Es war uns wirklich eine Freude." Neil nickte und deutete mit dem Daumen auf seinen Bruder. „Obwohl er und Ryan die meiste Arbeit geleistet haben."

„Du hast heute Morgen deinen Anteil beigetragen." Meg hielt ihnen das Tablett hin. „Ehre, wem Ehre gebührt."

„Ja, Ma'am." Neil wagte nicht zu widersprechen.

„Also", Adam nahm neben dem Hochstuhl des Babys Platz, „wissen wir, wie lange es noch dauert, bis Valerie zu uns stößt?"

„Alles, was sie sagte, als sie heute Nachmittag die Küche verließ, war: *Wartet nicht mit dem Abendessen auf mich.*" Meg stellte den Topf Beef Stew vor Morgan. „Hat einer von euch eine Ahnung, worum es geht?"

„Vielleicht“, sagte Neil.

„Oder vielleicht auch nicht.“ Morgan hatte immer noch nicht ganz verstanden, wie sie in das hineingezogen worden waren, dem sie zugestimmt hatten.

„Für Dumme bitte.“ Adam blies für seine Tochter auf ein Stück eines Brötchens.

„Komisch“, Morgan legte seine Serviette auf seinen Schoß, „genau dasselbe habe ich die ganze Zeit auch gedacht, als Valerie redete.“

„Soweit ich das beurteilen kann“, Neil griff nach dem Salzstreuer, „muss sie etwas machen, das man Sizzle-Reel nennt.“

„Hollywood und seine Spezialausdrücke.“ Adam schnitt ein Stück Eintopffleisch in Stücke und legte es auf Fionas Teller.

Morgan griff nach seiner Gabel. „Das ist ein kurzes Video. Ich glaube, Valerie hat ungefähr sechs Minuten gesagt. Es wird im Filmbusiness verwendet, um eine Serienidee zu verkaufen.“

„Ich dachte, dafür sind Pilotfolgen da?“ Meg zog einen Stuhl die an andere Seite ihrer Tochter.

„Das kommt danach“, sagte Morgan.

„Nach dem Sizzle-Reel?“ Meg blickte in seine Richtung.

„Genau.“ Diesen Teil hatte Morgan noch verstanden. Es war das, was als nächstes kam, was ihm immer noch Kopfzerbrechen bereitete. „Und wir werden die … äh … Schauspieler sein.“

„Die was?“ Adam ließ fast seine Gabel fallen.

„Nicht direkt Schauspieler“, korrigierte Neil. „Nach dem, wie Val es erklärt hat, kann ein Sizzle-Reel aus Archivbildern und Kurzfilmen zusammengeschnitten werden, um eine visuelle Präsentation zu erstellen. Sie glaubt, dass sich ihre Idee besser verkaufen lässt, wenn sie Live-Aufnahmen der Stadt machen kann.“

„Also wo kommt ihr beide ins Spiel?“ Meg reichte

Fiona ihren Trinkbecher.

„Wie ich schon sagte“, Morgan legte seine Gabel hin, „bei der Schauspielerei. Bei dem Ganzen dreht es sich um eine dieser Reality-Renovierungsshows. Und dafür braucht sie ihre Renovierer.“

„Euch beide?“ In Adams Stimme lag so etwas wie Ungläubigkeit.

„Nicht uns speziell“, antwortete Neil. „Lichtdouble. Sie braucht ein paar Profis, die für die Rolle passen.“ Er lächelte stolz. „Also haben wir uns freiwillig gemeldet.“

„*Du* hast dich freiwillig gemeldet.“ Morgan warf seinem Bruder einen scharfen Blick zu. „Irgendwann zwischen der Erwähnung, was für ein bezauberndes Lächeln sie hat, und dem Schwärmen von dem leckeren Steakhouse in Butler Springs, in das du sie offensichtlich einladen wist, hast du ihr *alle* verfügbaren Farradays zur Verfügung gestellt.“

Adams Kopf schoss in die Höhe. „*Alle*? Und wofür zur Verfügung?“

Neil stach auf eine Kartoffel ein und hielt dann seine Gabel in die Luft. „Ich habe mich auf die Oklahoma Farradays bezogen, oder in diesem Fall auf die Farraday-Cousins, wie wir in der Stadt genannt werden.“

„Valerie schien sich nicht ganz sicher gewesen zu sein, wie lange es dauern würde, ein Produktionsteam hierher zu schaffen. Sie schien zu glauben, dass ihre Chancen besser sind, wenn sie sich ein Team aus Dallas anstatt Albuquerque holt. Aber woher auch immer sie ein Team bekommt, wir Farradays sind, zumindest im Moment, die Darsteller.“

„Na, ist das nicht lustig?“ Meg grinste ihn an.

Lustig war nicht das Wort, das ihm in den Sinn kam. Die Idee, mit Val zusammenzuarbeiten, hatte einen gewissen Reiz, aber die Vorstellung, es vor einer

Kamera zu tun, nicht ganz so sehr.

„Im College habe ich einige Kurse in darstellender Kunst besucht." Neil blickte zu Meg. „Hauptsächlich Bühnenbau und Ähnliches für mein Portfolio, aber ich hatte ein oder zwei Gelegenheiten, auf der Bühne zu stehen." Er drehte sich zu seinem Bruder um und fuhr fort: „Das könnte eine Menge Spaß machen."

„Ich habe es geschafft!" Mit vor ihrer Brust gefalteten Händen hüpfte Valerie in die große Küche. „Ich bekomme schon morgen eine komplette Crew und übermorgen können wir filmen."

„Komplette Crew?", fragte Meg zögernd.

„Nicht so viele Leute wie bei den Dreharbeiten für die Staffel, aber genug, um erstklassiges Filmmaterial zu bekommen. Das geht dann zum Schnitt nach LA. Ohh." Val entdeckte den Eintopf. „Ich liebe Beef Stew. Und ich habe bis jetzt gar nicht bemerkt, wie hungrig ich eigentlich bin."

„Es gibt genug für alle." Meg sprang von ihrem Platz auf.

„Nein." Valerie winkte sie zurück. „Ich mache das."

Valerie holte eine Schüssel von dem für sie reservierten Platz auf der riesigen Kücheninsel, ging zum Herd und füllte sie. Sie plapperte weiter über ihre Ideen, die Szenen, die sie drehen wollte, die Dinge, die sie sehen wollte, Geschichten über die Schwestern und ihr Bordell, aber das meiste davon verstummte, während er ihr zusah, wie sie in der Küche umherging. Nichts an der Frau in den ausgeblichenen Jeans, den obligatorischen Texas-Cowboystiefeln und dem hübschen Schal, der jetzt ihr Haar zu einem lockeren Pferdeschwanz zusammenband, hatte irgendeine Ähnlichkeit mit der Frau, die er vor ein paar Tagen im Café kennengelernt hatte. Sie schien sich in der Küche genauso wohl zu fühlen wie auf einem Hollywood-

Laufsteg und genauso begeistert von der Interaktion mit einem Baby zu sein wie vom Filmen ihrer nächsten Idee. Wie viel mehr hatte Valerie Moore noch zu bieten?

KAPITEL NEUN

Valerie hatte mehr als nur ein paar Gefallen einfordern müssen, um ihren Plan in die Tat umzusetzen. Um das Shooting richtig zu machen und das zu bekommen, was sie wollte, brauchte sie viele Kameras und etwa vier Tage. Dann noch ein paar Wochen für die Bearbeitung. Diese würde natürlich in LA gemacht werden. Es hatte den größten Teil des Nachmittags und fast den ganzen nächsten Vormittag gedauert, bis alles vollständig organisiert war.

Die Schwestern davon zu überzeugen, dass es keine Geister gab, die um Hilfe riefen oder Ähnliches, hatte etwas länger gedauert. Nachdem ihre Bemühungen endlich erfolgreich gewesen waren, hatten sich die beiden Frauen schließlich darauf geeinigt, das Produktionsteam im alten Bordell unterzubringen. Angesichts der langen Arbeitstage, mit denen sie für das Shooting rechnete, und der langen Fahrt in die Stadt und wieder hinaus, hatte sie beschlossen, ebenfalls in dem restaurierten Gebäude zu übernachten.

Val schnupperte in der Luft. „Der Kaffee duftet himmlisch.“

Die blonde Schwester mit den ebenso hohen wie breiten Haaren grinste hinter der provisorischen Frühstückstheke hervor. „Sissys Kaffee weckt Tote.“

In der Hoffnung, dass das Morgengebräu genauso gut schmeckte, wie es duftete, goss sich Val eine Tasse ein und nickte.

„Hast du gut geschlafen?", quietschte die Blondine.

Für den Bruchteil eines Augenblicks war Val versucht, der älteren Frau zu sagen, dass sie aufgrund von Kettenrasseln in ihrem Zimmer kein Auge hatte zudrücken können, doch die nervöse Vorfreude auf dem Gesicht der Blondine hielt Val davon ab, sie zu necken. „Ich habe wie ein Murmeltier geschlafen. Die Matratzen dieser Betten sind sehr bequem. Ihr habt das großartig gemacht."

Das Lächeln der Schwester hellte sich auf. „Oh, ich bin so froh, das zu hören. Sissy wird ebenfalls begeistert sein."

„Wo ist Sissy?"

„Sie hilft draußen beim Aufbau der Essenstische. Ich weiß, dass euer Zeitplan sagt, dass es heute früh beginnen soll, und wir wollten bereit sein."

Anhand der ganzen Aktivität heute Morgen im Flur wusste sie, dass ihre Crew wach war, und der leeren Lobby nach zu urteilen, war sie höchstwahrscheinlich bereits draußen und startbereit. Womit sie nicht gerechnet hatte, war, vor die Tür zu treten und zu sehen, dass auch Halb Tuckers Bluff zum Shooting aufgetaucht war.

„Oh, das ist so aufregend!" Die große rothaarige Schwester quietschte für diese frühe Morgenstunde vor viel zu großer Begeisterung. „Wir haben noch mehr Kaffee und Limonade und süßen Tee ..."

Valerie versuchte wirklich, bei dem Gedanken an all das Süße nicht zu schaudern. Im Süden bedeutete süßer Tee nicht nur Eistee mit etwas Zucker, sondern eher Zucker mit etwas Tee.

Eileen stand neben der rothaarigen Schwester. Als Val klar wurde, dass es nahezu unmöglich sein würde, einen Imbisswagen irgendeiner Art an diesen abgelegenen Ort zu bringen, war Eileen Farraday eine der ersten gewesen, die sich freiwillig gemeldet hatte, um für die Versorgung mit Essen und Getränken zu sorgen. So viele Einwohner waren von dem gesamten Projekt begeistert, dass die Stadt genug Lebensmittel für ein Hollywood-Filmteam und nicht nur für ihr kleines Sizzle-Reel-Team besorgt hatte. Natürlich hatte sie nicht damit gerechnet, dass sie sowohl die Crew als auch das Publikum verköstigen würden.

Mit einem Donut zwischen den Zähnen ging ein Kameramann an ihr vorbei zum Morgendreh. Nach und nach folgten weitere Teammitglieder, die Ausrüstung aufbauten und Licht und Ton überprüften.

„Gibt es ein Hot-Sheet?", fragte einer aus dem Team.

Valerie schüttelte den Kopf und zeigte auf die eine Seite des alten Handelszentrums. „Ich möchte hier eine Kamera haben." Ihr Finger drehte sich zu einer Ecke des Innenraums. „Und dort." Sie drehte sich um. „Wir werden sie einfach laufen lassen."

„Möchte ich wissen, was das alles bedeutet?" Eileen murmelte leise.

Val unterdrückte ein Lachen. „Es wird kein Drehbuch geben, also werden wir einfach so viele Kameras wie möglich aufstellen, um die Bauarbeiten zu filmen, und hoffen, dass wir etwas bekommen, das es wert ist, in eine TV-Show umgewandelt zu werden."

„Wo ist der Pfirsichauflauf?" Die Frau mit dem Zopf, der ihr bis zum Rücken herunterhing, vielleicht Ruth, blickte stirnrunzelnd auf den Tisch vor ihr.

„Ich habe ihn an die … Ecke gestellt." Eileen trat von ihrem Tisch zurück, ging auf den Essenstisch zu und blieb nur wenige Meter entfernt stehen. „Ich weiß, dass ich ihn dort abgestellt habe."

„Vielleicht hat ihn jemand aus der Crew genommen." Sister runzelte die Stirn.

Valerie senkte den Blick. „Das ganze Ding?"

„Wir sind bereit", rief einer der Kameramänner vom Eingang des Emporiums aus.

„Ich muss los, Ladies." Val musste den Kameraleuten eine Liste der Aufnahmen geben, die sie machen wollte.

Bis zum Mittag hatten sie mehrere großartige, ehrliche Momente eingefangen, aber nichts passte so ganz zu ihrer Vision. Außer vielleicht Morgan mit einem Werkzeuggürtel um die Hüfte. Wer hätte gedacht, dass abgenutztes Leder und ein an der Seite befestigtes Maßband so gut aussehen konnten? Auch seine Brüder sahen gar nicht so schlecht aus. Selbst wenn Neil normalerweise keinen Hammer schwang, weil sein bevorzugtes Werkzeug ein Bleistift war, würde der Mann die weiblichen Fans zum Sabbern bringen.

„Verdammt." Neil trat zurück und ein abstehendes Brett fiel wieder an seinen Platz zurück. „Wir müssen aufpassen, was wir tun. Einige dieser Dielen sind herausgebrochen."

Die Kamera zoomte heran, als er mit seinem Stiefel gegen die Kante des Bretts drückte und das gegenüberliegende Ende nach oben und dann wieder nach unten klappte. Wenn eine dieser Dielen einem der Brüder auf den Hintern geknallt wäre, hätte das vielleicht interessantes Filmmaterial ergeben. Das Ganze erwies sich als schwieriger, als sie erwartet hatte. Wer hätte gedacht, dass Renovierungen so langweilig sein konnten.

„Hey Leute?" Vielleicht könnte sie sich etwas einfallen lassen, um Interesse an diesem ansonsten langweiligen Projekt zu wecken. Als sie einen der Kameramänner ansah, machte sie mit der flachen Hand eine Schnittbewegung über ihren Hals und deutete ihm damit an, die Aufnahme zu stoppen. Sie lief quer durch den Laden, ohne zu wissen, was sie tun oder sagen sollte, aber mit etwas Glück hoffte sie, dass ihr, sobald sie mitten im Geschehen war, eine brillante oder zumindest irgendeine Wendung einfallen würde. „Was wäre, wenn wir versuchen …"

Die Worte waren kaum aus ihrem Mund gekommen, als sie das Gleichgewicht verlor und wie ein keuchender Fisch, der auf ein altes Dock geworfen wurde, umherflatterte. Während das Holzbrett, auf das sie getreten war, unter ihr wegbrach, und ihre Arme weiter um sie herumkreisten, schoss ihr ein Gedanke durch den Kopf: *Schade, dass sie befohlen hatte, die Kameras zu stoppen.* Wenn es etwas gab, was den Leuten gefiel, dann Slapstick. Und ihr Aufprall auf ihr gut gepolstertes Gesäß hätte fantastisches Filmmaterial abgegeben.

„Hey!" Wie ein auf seine zappelnde Beute herabstürzender Adler, griffen starke Arme nach ihr und hoben sie an seine stahlharte Brust. „Geht es dir gut?"

So an Morgan gepresst, spürte sie, wie sein Herz unter ihren gespreizten Fingerspitzen pochte, aber sie war sich nicht sicher, wessen Puls schneller schlug. „Ja. Ähm, danke."

„Auf einer Baustelle muss man vorsichtig sein. Man darf nichts als selbstverständlich betrachten."

Sie nickte und widerstand dem Drang, ihre Arme fester um seinen Hals zu legen.

„Großartige Aufnahme." Einer der Kameramänner rannte neben sie. „Du hattest recht. Die zusätzlichen Kameras einfach laufen zu lassen, hat sich ausgezahlt."

Es dauerte ein paar Augenblicke, bis ihr klar wurde, wovon der Mann sprach. Morgen lockerte seinen Griff und ließ sie nach unten gleiten, bis sie ihren Halt fand. „Du hast meinen Sturz gefilmt?"

„Zwei Kameras haben drauf, wie der Schreiner zu deiner Rettung kommt. Du kannst uns später dafür danken, dass wir sie nicht abgeschaltet haben." Der rothaarige Kameramann starrte sie eindringlich an, drehte sich dann um und ging weg.

Zumindest hatte sie keine High Heels und kein Kleid getragen, sonst hätte sie sich wirklich lächerlich gemacht. Sie wischte sich den Staub und die Peinlichkeit beiläufig ab und machte sich wieder an die Arbeit. Es lag noch ein langer Tag vor ihnen.

Wieder an ihrem Platz wanderte Valeries Blick von den wunderschönen vertäfelten Wänden zu dem wachsenden Stapel Bretter auf dem Boden. „Müsst ihr wirklich alle Bretter entfernen?"

„Das ist das einundzwanzigste Jahrhundert. Wir wissen jetzt ein oder zwei Dinge mehr über Isolierung. Wir werden einige zusätzliche Träger hinzufügen, die Isolierung installieren und die Vertäfelung wieder anbringen. Niemand wird sehen, was gemacht wurde, und niemand wird im Winter frieren."

„Das ist Texas. Wie kalt kann es schon werden?"

Morgan lächelte. „Das ist West-Texas. Und sehr kalt."

„Lass dich nicht zu sehr mitreißen. Das ist nur ein Sizzle-Reel. Wenn wir keine Pilotfolge drehen dürfen, können wir das, was ihr demontiert habt, nicht reparieren." Sie warf einen kurzen Blick auf die kahle Wand. Das sollte besser das beste Sizzle-Reel sein, das sie je produziert hatte, denn wenn daraus keine Serie werden sollte, hatte sie einfach keine Ideen mehr.

Jede einzelne Minute des Tages fragte sich Morgan, wie er sich hierzu hatte überreden lassen. Jede Minute, *außer* der, in der Valerie in seinen Armen und an seiner Brust gelegen hatte. Neil und Ryan machten sich beide daran, wieder wie stolzierende Pfauen umherzuschreiten, aber Morgan dachte daran, wie schön es wäre, den Teil, bei dem er sie in seine Arme geschlossen hatte, noch einmal in Zeitlupe durchzuspielen – und sie dann dort zu behalten. Andererseits war die Realität nie so schön wie der Traum. Deshalb ermahnte er sich, dass es sicherer war, überhaupt nicht zu träumen.

„Worüber grübelst du?" Neil ließ seinen Hammer wie ein alter Revolverheld kreisen und steckte ihn dann in die Werkzeugschlaufe.

„Du hast zu viele Western gesehen." Ryan schüttelte den Kopf.

Neil zuckte mit den Schultern. „Spürst du es nicht?"

„Was spüren?", fragte Morgan.

„Du weißt schon. Die Atmosphäre."

„Die Atmosphäre?", wiederholte Ryan.

„Was? Hattest du heute zum Mittagessen Papageiensuppe? Die Atmosphäre des alten Westens, das Gefühl, dass wir vor über hundert Jahren leben." Neil warf einen Blick auf die eine Kamera, die noch lief, zog das Taschenmesser aus seiner Tasche und senkte dann die Stimme. „Durch diese Kamera betrachtet man das alles wie unter einem Mikroskop."

Morgan schüttelte den Kopf. Genau das hatte er vorhergesagt, als die Worte Reality-TV zum ersten Mal in Verbindung mit Three Corners und seinen Brüdern verwendet worden waren. Mit seinem eigenen Taschenmesser in der Hand ging er zu seinem Bruder und half ihm die Rollen mit Isolierung aufzuschneiden. Normalerweise würden sie zuerst alle Bretter entfernen, dann die Isolierung anbringen und dann die Wände sanieren. In diesem Fall hatten sie sich darauf geeinigt, in kleinen Abschnitten zu arbeiten, damit das Durcheinander nicht zu groß war, wenn die Arbeiten eingestellt werden müssten.

„Ich habe mich immer gefragt, warum Isolierung

rosa ist." Die Hände in die Hüften gestemmt, blickte Valerie auf die ausgerollten Isolierplatten. „Ich persönlich bevorzuge Lila."

Sie griff nach der Isolierung und Morgan packte sie am Handgelenk. „Vorsichtig. Dabei müssen Handschuhe getragen werden. Fiberglas verursacht starkes Jucken."

„Giftefeu verursacht starkes Jucken", fügte Neil hinzu.

„Hier." Morgan holte seine Ersatzhandschuhe aus einem Eimer. „Möchtest du helfen?"

„Sicher." Sie lächelte. „Warum nicht?"

„Die Papierseite zeigt nach außen."

„Außen. Verstanden." Sie nahm ein Stück, schaute nach oben und steckte zu seiner Überraschung erst die Unterkante zwischen die neuen Streben und drückte die Isolierung dann von unten nach oben fest. Irgendwann hing das rosa Gewebe über ihrem Kopf und über ihren Rücken. Als sie sich aufrichtete und ihre Arme hochstreckte, um es an seinen Platz zu schieben, fiel die Oberkante über ihre Hände und sie stellte sich auf die Zehenspitzen. „Ich brauche längere Arme."

„Lass mich helfen", überschlugen sich drei Stimmen, als jeder der Brüder einen kurzen Satz machte, um ihr zu Hilfe zu eilen. Neil rumpelte Ryan dabei versehentlich an der Hüfte an. Dieser wirbelte herum und stieß mit Morgan zusammen. Bevor er das Gleichgewicht wiedererlangen konnte, fiel er gegen Valerie. Die vier gingen zu Boden und rissen die lange Bahn Isolierung mit sich.

Valerie versuchte nicht einmal, ihr Kichern zu verbergen, als sie sich unter dem riesigen rosa Streifen hervorkämpfte. „Ich glaube nicht, dass das so ablaufen soll."

Ryan saß auf seinem Hintern, kicherte und schüttelte den Kopf. „Nein."

Morgan stimmte zu. „Ich kann nicht sagen, dass ich das schon einmal so gesehen habe."

„Vielleicht", Neils Augen funkelten unter hochgezogenen Brauen, „solltest du doch nicht helfen."

„Lass mich." Morgan hob den Rest der Isolierung auf und steckte ihn vollständig in die Wand.

Von der anderen Seite näherte sich einer der Kameramänner langsam und leicht hinkend. „Geht es dir gut, Ted? Du humpelst."

„Nur ein bisschen. Ich bin über einen Hocker gestolpert."

Val neigte ihren Kopf zur Seite. „Hocker?"

Der Kameramann zuckte mit der Schulter und richtete seinen Daumen auf einen der anderen Produktionsmitarbeiter. „Mike fand, es wäre ein unterhaltsamer Zeitvertreib, mitten in der Nacht die Möbel umzustellen."

„Das habe ich gehört." Mikes Stimme dröhnte von außerhalb der Tür herein. „Und ich habe dir gesagt, dass der Hocker nicht in der Mitte des Raums stand, als ich letzte Nacht zu Bett ging. Du hast wahrscheinlich einfach nicht aufgepasst, wohin du getreten bist."

„Ohne Licht ist es ziemlich schwierig, den Weg zum Badezimmer zu finden. Ich weiß nur, dass jemand oder etwas den Hocker verschoben hat und mein kleiner Zeh immer noch brennt."

„Und los geht's. Du sagst schon wieder, dass jemand Dinge in der Nacht verschiebt."

Der Kameramann trat einen Schritt zurück und hielt seine freie Hand hoch. „Ich gebe nur die Fakten wieder. Und Tatsache ist, dass mein kleiner Zeh höllisch schmerzt."

Val winkte den beiden Männern mit den Fingern zu. „Lasst das nur nicht die Schwestern hören, sonst werden wir diese Aufnahme nie fertigstellen."

„Die Schwestern?", wiederholte Morgan. „Was

haben sie damit zu tun?“

„Sie denken, dass es hier spukt. Was für ein Quatsch. Ich sage, wir vergessen den Hocker und holen uns einen Snack.“

Ryan öffnete seinen Gürtel. „Klingt gut. Da draußen gibt es ein Whoopie mit meinem Namen.“

„Ich bin mir nicht sicher, ob ich wissen möchte, was das ist.“ Neil legte seinen Gürtel neben den von Ryan auf die Theke.

„Du musst öfter in die Stadt kommen.“ Morgan folgte dem Beispiel seines Bruders. „Toni macht die. Das ist ein Grundnahrungsmittel aus Neuengland. Im Grunde genommen mit Sahne gefüllte, weiche Schokoladenkekse.“

„Hat jemand Schokoladenkekse gesagt?“ Val sah von einem Bruder zum anderen. „Ich habe eine Schwäche für alles, was mit Schokolade zu tun hat.“

„Dann solltest du ihren Boston Cream Pie probieren. „So etwas Leckeres habe ich noch nie zuvor gegessen.“

Val grinste ihn an. „So einen hatte ich schon. In einer genialen Imbissbude am Logan Airport. Ich hätte mich durch den ganzen Laden fressen können.“

„Ich frage mich, was es zum Abendessen geben wird?“ Mit gerecktem Hals blickte Ryan nach vorne zu den Essenstischen.

„Hörst du jemals auf zu essen?“, fragte Morgan seinen Bruder. Das Mittagessen hatte aus einem köstlichen Brisket mit Cole Slaw und Kartoffelsalat bestanden. Wie erwartet hatte es genug gegeben, um eine ganze Armee zu ernähren. „Wie kannst du nach dem Mittagessen, überhaupt schon an ein Abendessen denken?“

„Was soll ich sagen?“ Ryan zuckte mit den Schultern und grinste dann breit. „Ich bin noch im Wachstum.“

Einer nach dem anderen setzten seine Brüder den erforderlichen Cowboyhut auf. Val folgte ihrem Beispiel und tat dasselbe mit dem Hut, den Toni ihr gegeben hatte. In nur wenigen Tagen war sie wirklich in diese Rolle hineingewachsen. Vom Rand ihres Stetson bis hin zu den Spitzen ihrer Cowboystiefel. Wie sie so Seite an Seite mit seinen Brüdern dastand, kam Morgan zu einem Schluss: Valerie Moore wusste es vielleicht nicht, aber sie war dazu bestimmt, im Viehland von West-Texas zu sein.

KAPITEL ZEHN

„**D**ie letzten paar Tage waren wie eine andere Welt. Es war aufregend, zu sehen, wie Hollywood wirklich funktioniert." Joanna Farraday legte ein Barbecue-Rippchen auf ihren Teller. „Das hat wirklich mehr als nur Spaß gemacht."

Der letzte Drehtag für das Sizzle-Reel war nun zu Ende und die Stadt überraschte Valerie und die Crew mit einer Abschlussparty. Alle waren so aufgeregt, dass sie es nicht übers Herz brachte, ihnen zu sagen, dass man in Hollywood keine Partys für Sizzle-Reels veranstaltete. Außerdem begann sie zu verstehen, dass Texas nicht nur wegen der vielen Hektar Viehland so berühmt für Barbecues war. Wenn das Zeug nur halb so gut schmeckte, wie es roch, war das Essen nicht von dieser Welt.

„Spaß ist ein Wort dafür." Einer der Dallas-Crew, der in der Schlange stand, schüttelte den Kopf. „Ich bin froh, heute Abend nach Hause zu fahren."

Val warf einen Blick auf ihre Uhr. „Heute schon?" Wenn er am Abend fuhr, würde die Fahrt nach Dallas bis tief in die Nacht dauern.

Ein anderes Crewmitglied hinter ihr schüttelte den Kopf. „Kümmere dich nicht um ihn. Ted war noch nie der neugierige Typ."

„Neugierig?" Ted häufte einen Löffel Kartoffelsalat auf seinen Teller. „Versuch es mit Grusel-Fan."

„Grusel-Fan?", wiederholte Valerie.

„Da passieren ein paar seltsame Dinge und Ted flippt völlig aus.“

„Ein paar?“ Ted wandte sich an seinen Kollegen. „Deine Wände haben nicht die ganze Nacht mit dir gesprochen.“

„Ich sage es dir immer wieder“, sein Kumpel verdrehte die Augen, „das waren nur seltsame Träume.“ Ich habe nichts gehört.“

„Schieb dir deine Träume …“, er warf einen schnellen Blick auf die beiden Frauen, die ihn anstarrten, und räusperte sich. „Entschuldigung.“

„Warum macht ihr alle so ernste Gesichter?“ Morgan reihte sich ein. „Ihr sollt euch amüsieren.“

„Das ist erst der Anfang.“ Eileen schlenderte grinsend heran. Sie trug einen knöchellangen Gingham-Rock und ein schlichtes weißes Baumwolloberteil. Valerie konnte sich nicht erinnern, die Frau jemals in etwas anderem als der üblichen Rancher-Uniform gesehen zu haben: Blue Jeans und Stiefel. Eileen zeigte mit dem Kinn über die Straße zum alten Saloon. „Wir Ladies haben den Laden den ganzen Tag geputzt und poliert. Der wahre Spaß beginnt, nachdem alle gegessen haben.“

Erst in diesem Moment wurde Valerie bewusst, wie viele Leute im Saloon ein- und ausgingen. Einige aus der Schlange schlenderten mit ihren vollen Tellern in das alte Gebäude. Ein paar Männer trugen Koffer hinein und andere kamen mit leeren Händen heraus und gingen zielstrebig zu einem großen Lastwagen, den sie vorher nicht bemerkt hatte.

„Trotzdem“, Ted lächelte Eileen an, „ich werde mich nach dem Abendessen auf den Weg machen, aber vielen Dank für Ihre Gastfreundschaft. Es war ein … interessanter Auftrag.“

Eileen zog die Brauen zu einem tiefen V zusammen und sah zu, wie der Mann zum Saloon ging, bevor sie sich an Valerie wandte. „Stimmt etwas nicht, worüber ich Bescheid wissen sollte?"

Sein Kumpel schnappte sich eine Serviette und stieß einen Seufzer aus. „Ted ist einfach schreckhaft. Was ist schon dabei, wenn jemand die Zuckerdose mit Salz füllt? Solche Fehler passieren ständig."

„Wann war das?" Eileens Stirnrunzeln blieb fest an seinem Platz.

„Gestern." Er zuckte mit den Schultern. „Die armen Schwestern waren ganz durcheinander. Keine von beiden konnte erklären, wie es passieren konnte, da niemand die Zuckerdosen angefasst hat. Ted hatte bereits wegen der sich bewegenden Möbel und den Stimmen in den Wänden Angst."

Eileen blickte von ihm zu Val und zurück. „Davon habe ich nichts gehört."

„Auch für mich ist es eine Premiere." Valerie zuckte mit den Schultern. „Ich schätze, wir haben Glück, dass Ted keine Frauen um Hilfe schreien hörte, sonst hätten wir möglicherweise einen Kameramann verloren und wären hinter dem Zeitplan zurückgeblieben." Sie wollte nicht einmal darüber nachdenken, wie viel mehr dies die Kosten für dieses kleine Unterfangen erhöht hätte.

„Was meinst du mit sich bewegende Möbel?", fragte Eileen.

Das andere Crewmitglied griff nach einem Keks. „Es begann in der ersten Nacht. Da Ted ein großer Kerl ist, brauchte er den Hocker nicht, um ins Bett zu klettern. Er schob ihn angeblich zur Seite ans Fußende des Bettes und machte es sich für die Nacht gemütlich. Nun, am nächsten Morgen stolperte er über das dumme Ding, weil es *wieder* an der ursprünglichen Stelle stand. Ich nehme an, er hat einfach vergessen, dass er ihn nicht verschoben hat. Aber er besteht weiterhin darauf, dass er ganz von selbst wieder dort aufgetaucht ist, falls

Mike, der Witzbold der Crew, ihn nicht verschoben hat."

Eileen ließ ihn nicht aus den Augen. Als er weiter seinen Teller belud, fragte sie ihn: „Du hast gesagt, angefangen?"

„Ja. Als er am nächsten Tag mit der Arbeit fertig war, ging er nach oben und sah, dass alle Möbel in seinem Zimmer umgestellt worden waren. Diesmal ging er davon aus, dass die Schwestern umdekoriert hatten. Als er sich heute Morgen bei den beiden Frauen dafür bedankte, dass sie das Bett vom Fenster weggestellt hatten, stellte er fest, dass sie nichts damit zu tun hatten. Dazu kam noch der gestrige Vorfall mit der Zuckerdose und dem Salz und die Stimmen, von denen er behauptete, sie seien keine Träume. Jetzt ist er davon überzeugt, dass es an diesem Ort spukt."

„Nun, das ist einfach lächerlich." Eileen stemmte eine Faust in die Hüfte. „Denkt das noch irgendjemand außer ihm?"

Die Crewmitglieder zögerten, bevor sie beiläufig mit den Schultern zuckten. „Die Möglichkeit kam einigen von uns in den Sinn. Aber es gibt immer eine Erklärung. Ich vermute, jemand aus der Crew wusste, dass Ted es wegen dem Vorfall mit dem Schemel mit der Angst zu tun bekam, und beschloss, ihm weitere Streiche zu spielen. Ich bin mir sicher, dass irgendwann jemand zugeben wird, sein Zimmer umgestaltet zu haben. Und nichts gegen die Schwestern, aber sie schienen mehr als einmal unnötig nervös gewesen zu sein. Es ist auch nicht schwer, sich vorzustellen, dass jemand Salz in die Zuckerdose schüttet und sich nicht daran erinnert." Das Crewmitglied senkte den Kopf zu seinem Teller, auf dem sich fast alles befand, was die Stadtbewohner zu diesem Fest mitgebracht hatten. „Wenn Sie mich entschuldigen würden."

Eileen nickte und schnappte sich ihren eigenen

Teller. „Ich bin überrascht, dass mir die Schwestern nichts davon erzählt haben, obwohl sie Anfang des Jahres ebenfalls beunruhigt waren, weil es im Bordell spukt."

„Sie waren ziemlich aufgebracht wegen dieser schreienden Frau, aber sie erzählten nichts von verschobenen Möbeln und andere Dinge." Valerie konnte nicht gebrauchen, dass sich Gerüchte über Geister an diesem Ort verbreiteten, ansonsten könnte ihr das ganze Projekt um die Ohren fliegen. Nein, so etwas konnte sie überhaupt nicht gebrauchen.

Das leise Murmeln von Gesprächen in dem kleinen Saloon wich den melodischen Klängen der Live-Musik, die von draußen hereindrang. Die Leute hatten im alten Saloon gegessen und geplaudert und waren von Tisch zu Tisch gegangen, während Ned auf dem alten Klavier gespielt hatte. Wer hätte gedacht, dass der alte Kauz das Elfenbein mit der gleichen Geschicklichkeit kitzeln konnte, mit der er einen Steckschlüssel führte. Mehrere der Farradays – darunter Morgan – und die Bradys hatten sich während des Essens zusammengefunden, um draußen auf der Straße eine Holzplattform aufzubauen.

Die letzte Stunde war Morgan zwar bei seiner Familie gesessen, hatte aber immer wieder ein Auge auf Valerie geworfen. Das hatte er in den letzten Tagen oft getan. Für ein Großstadtmädchen hatte sie mehr Land in sich, als er erwartet hätte.

„Sieht so aus, als würde die Party nach draußen ziehen." Tante Eileen stieß sich vom Tisch ab. Sie und die anderen Farraday-Frauen hatten sich für diesen Anlass und als Hommage an die vergangenen Zeiten, als die alte Stadt noch florierte, in lange Röcke gekleidet und die Haare hochgesteckte. Auch wenn es keine historischen Stücke waren, so gab die Kleidung der Veranstaltung doch eine festliche Note.

Joanna Farraday stand auf und schob ihren Stuhl an den Tisch. „Das sollten wir öfter machen. Es macht irgendwie Spaß, sich zu verkleiden."

„Ich weiß." Hannah tätschelte den Haarknoten auf ihrem Kopf. „Vielleicht fange ich an, öfter Röcke zu tragen. Sie sind viel bequemer, als ich erwartet hatte."

„Bis du auf die Toilette musst." Catherine schob ihren Stuhl zurück und nahm ihr Getränk. „Jeans herunterzuziehen ist viel einfacher, als mehrere Schichten eines langen Rocks hochzuziehen."

„Okay, Ladies. Zu viele Infos." Morgan war ziemlich locker, aber einige Themen sollte man besser ignorieren.

„Stimmt." Connor küsste die Schläfe seiner Frau und streckte ihr seinen Arm entgegen. „Sollen wir?"

„Ja, ich wäre entzückt." Catherine klimperte mit den Wimpern und ihre Stimme klang etwas höher und süßer als gewöhnlich.

Morgan folgte seiner Familie nach draußen und schaute sich, auf der Suche nach Valerie, beiläufig um. Zusammen mit ihrer Crew und all den Leuten aus der Stadt, die unbedingt mit ihr reden wollten, war sie das ganze Abendessen über beschäftigt gewesen. Er war sich nicht einmal sicher, ob sie überhaupt Gelegenheit gehabt hatte, sich hinzusetzen und zu essen.

„Oh mein Gott." Tante Eileen verlangsamte ihre Schritte. „Ich glaube, alle haben sich selbst übertroffen. Wenn ich es nicht besser wüsste, würde ich schwören, dass es ein Samstagabend im neunzehnten Jahrhundert ist."

Karierte Tischdecken zierten eine Reihe von Tischen voller Desserts. Eines sah köstlicher aus als das andere. Über der großen hölzernen Tanzfläche in der Mitte der Straße hingen Lichterketten von Gebäude zu Gebäude. Auf einer Seite befand sich eine erhöhte Plattform, auf der die kleine Band bereits eine rhythmische Melodie spielte. Der Geiger an der Spitze versammelte die Umstehenden und tippte mit den Zehen.

„Sollen wir?" Sean Faraday verneigte sich in der Taille und reichte seiner Frau die Hand.

Während die Tanzfläche immer voller wurde, ließ Morgan noch einmal seinen Blick umherschweifen. Seine Bemühungen wurden belohnt, als er Valerie erblickte, die neben der Bowle mit den Schwestern redete. Er versuchte, nicht wie ein übereifriger Teenager auszusehen, und ging so schnell und unauffällig wie möglich die Straße hinauf. „Bisher sieht die Party nach einem großen Erfolg aus."

Sowohl Sister als auch Sissy strahlten ihn an, aber Sissy war fast hibbelig vor Freude. „Ich bin so froh, dass Valerie uns überredet hat, daran teilzunehmen. Ich hoffe sehr, dass wir diese Stadt wieder zum Leben erwecken können."

Sister nickte. „Eine Zeitreise in die Vergangenheit hat einiges zu bieten. Diese Stadt könnte ein wunderbares Lernmittel für Kinder sein. Es ist kein Versailles, aber ich denke, sie ist es wert, erhalten zu werden."

„Auf jeden Fall", stimmte Valerie zu.

„Wenn ihr Ladies uns entschuldigen würdet." er drehte sich zu Valerie um. „Darf ich um die Ehre des ersten Tanzes bitten?"

„Oh ja", kreischte eine der Schwestern. „Ihr zwei sputet euch." Die beiden Schwestern waren so unterschiedlich wie Tag und Nacht. Eine groß, eine klein, eine blond, eine rothaarig, die eine lachte immer, die andere war etwas ernster. Aber heute Abend waren beide eindeutig im siebten Himmel.

Morgan freute sich über einen legitimen Vorwand, Vals Hand zu halten, und führte sie auf die Tanzfläche. „Du siehst heute Abend absolut bezaubernd aus."

„Danke schön. Als einige der Ladies erwähnten, dass sie heute Abend einigermaßen historische Kostüme anziehen wollten, wurde ich zugegebenermaßen ein wenig aufgeregt. Als kleines Mädchen habe ich mich immer gerne verkleidet. Ich habe es geliebt, alte Filme anzuschauen. Wirklich alte Filme. Die aus den Dreißigern, Vierzigern oder Fünfzigern, wo die Frauen wunderschöne Kleider, fantastische Hüte, elegante Frisuren und Schuhe, für die man sterben wollte, trugen."

Das erklärte vermutlich ihren starken Sinn für Mode, den er, als sie damals in die Stadt gekommen war, hatte bewundern dürfen. Auffällig und sehr attraktiv.

„Ich nehme an, dass es diese Fantasiewelt war, die mich zum Showbusiness hingezogen hat."

„Wolltest du je Schauspielerin werden?"

„Nicht wirklich. Früher habe ich viel gelesen. Ich liebte es, neue Orte zu erkunden, ohne mein Zimmer zu verlassen. Mom brachte mich dazu, alte Filme anzusehen. Sie liebte Musicals. Wir machten immer Oldies-Filmabende und mit Dad schaute ich Action und Abenteuer. Man könnte sagen, ich habe einen sehr weitgefächerten Geschmack. Am Ende hat mich alles rund um die große Leinwand fasziniert, bis hin zur Beleuchtung und dem Schnitt. Ich könnte einen Film besser loben oder kritisieren als die Filmakademie."

Sie sagte das mit so viel Stolz, dass es ihn zum Lachen brachte.

„Als ich aufs College ging, dachte ich, ich könnte genauso gut in einem Bereich arbeiten, den ich liebe. Als ich meinen Abschluss machte, war ich von der großen Leinwand auf die kleine Leinwand gewechselt, und, anstatt neue Welten zu erschaffen, habe ich irgendwie die Realität nachgebildet." Die letzten paar Worte kamen fast verbittert aus ihrem Mund, bevor sich ihr Gesicht aufhellte. „Zählt es, dass ich als Kind Ginger Rogers sein wollte, die mit Fred Astaire tanzt?"

„Ich tanze nicht annähernd so gut wie Fred, aber Ginger kann dir nicht das Wasser reichen." Er drehte sie herum und zog sie in seine Arme.

„Danke, und du tanzt sehr gut."

„Meine Mutter überzeugte mich schon früh davon, dass alle Mädchen auf Jungen stehen, die tanzen können."

„Deine Mutter scheint eine kluge Frau zu sein."

„Vielleicht nicht immer, aber mit dem Tanzen hatte sie auf jeden Fall recht."

Valerie kicherte. „Mit anderen Worten, du hast alle Mädchen bekommen."

„Nicht alle." Er wirbelte sie erneut herum, bevor er hinzufügte: „Aber ich wurde auf einem Schultanz nie lange alleine stehengelassen."

„Darauf wette ich." Sie blieb eine lange Minute still. „Wer war sie?"

„Sie?"

„Diejenige, die dir das Herz gebrochen hat."

„Ich habe nicht gesagt, dass mir jemand das Herz gebrochen hat."

„Das musstest du nicht. Ein freundlicher, gutaussehender und kluger Mann wie du, der immer noch Single ist. Da gibt es nur eine mögliche Erklärung. Diejenige, die nicht tanzen wollte, muss dir das Herz gebrochen haben."

Er stellte tatsächlich fest, dass er lächelte. Und seit wann war der Gedanke an Carolyn mit einem Lächeln verbunden, anstatt mit dem fahlen Beigeschmack verbitterter Erinnerungen? „Ihr Name war Carolyn. Sie hat mir eine wertvolle Lektion erteilt.“

„Die da wäre?“

„Manchmal reicht es nicht, hundert Prozent zu geben. Manche Menschen wollen immer mehr.“

„Klingt nach dem falschen Menschen.“

Schade, dass er das nicht viel früher herausgefunden hatte. Carolyn war das gewesen, was er geglaubt hatte, zu wollen. Schön, freundlich und klug. Sie kam gut mit seinen Freunden und seiner Familie aus und teilte seine Werte. Zumindest hatte er das geglaubt. Es dauerte zu lange, bis er erkannte, dass das Prestige, das die Ranch seiner Familie und das Bauunternehmen mit sich brachte, fest in Oklahoma verwurzelt waren. Aber Carolyns Träume waren fest in dem Plan verwurzelt, an größere und bessere Orte zu ziehen. Das Letzte, was er gehört hatte, war, dass sie einen Mann geheiratet hatte, auf dessen Ranch es Öl gab. Sie verbrachten die meiste Zeit in Houston und den Rest in den berühmten Großstädten, von denen sie immer gesprochen hatte. „Sagen wir einfach, nicht jeder ist dazu geeignet, die Hälfte eines glücklichen Paares zu sein.“

„Autsch. Das klingt ziemlich zynisch.“

„Und sicher.“

„Du kommst mir aber nicht wie ein Mann vor, der Angst davor hat, Risiken einzugehen.“

„Es gibt einen Unterschied zwischen hohem Risiko und einem Selbstmordkommando. Es spricht viel dafür, auf Nummer sicher zu gehen.“ Allerdings übte das Spiel mit dem Feuer im Moment einen großen Reiz auf ihn aus, selbst auf die Gefahr hin, sich zu verbrennen. Erneut.

„Ich weiß nicht. Manchmal kann Sicherheit ziemlich langweilig sein.“

„Da ich bezweifle, dass Hollywood jemals langweilig ist, würde ich richtig vermuten, dass das der andere Grund ist, warum du dich für das Showbusiness entschieden hast?"

„Wahrscheinlich."

Ein Grund mehr, sich zu fragen, warum sie so sehr darauf aus war, eine Idee zu verkaufen, die sie im langweiligen West-Texas festhalten würde. Die ersten Töne eines bekannten Country-Songs erklangen und die Paare begannen in einem sich schnell drehenden Kreis dahinzugleiten.

„Oh mein Gott." Valerie trat auf seinen Fuß, als sie einen Blick nach links und rechts auf die sich anmutig bewegende Menge warf.

Mit der Hand an ihrer Hüfte führte er sie. „Der Texas-Two-Step ist eigentlich wie Gehen, nur *schnell schnell*, dann *langsam langsam*."

Noch einmal stieß sie gegen seinen Fuß, bevor sie in den Rhythmus fand. „Oh, das ist einfach."

„Sage ich doch. Deshalb ist der Tanz so beliebt." Nachdem sie mit der immer größer werdenden Menschenmenge ein paarmal über die Tanzfläche gekreist waren, wirbelte er sie herum und stellte erfreut fest, dass sie mühelos wieder in den Gleichschritt zurückkam. „Siehst du. Du kannst das."

„Das macht Spaß."

„So, als würde man zur Musik gehen."

„Das gefällt mir. Zur Musik gehen." Sie gab ihrem Schritt etwas Schwung. „Wie im Leben – oder in Beziehungen – manchmal ist es einfach, manchmal stolpert man, aber wenn man nicht aufgibt, kann es einfach Spaß machen."

„Was kommt jetzt?"

„Ich denke, das hängt vom nächsten Song ab."

„Ich meine, jetzt, wo das Reel fertig ist."

„Ich habe es bereits zur Bearbeitung nach LA geschickt. Das kann bis zu ein paar Wochen dauern. Dann werden wir es vorstellen und wenn alles gut läuft, wird eine Pilotfolge bestellt. Und wenn dann alles so läuft, wie ich es mir vorstelle, werden wir wiederkommen, um eine Serie zu drehen."

„Wie bald reist du ab?"

Der Schwung in ihren Schritten verschwand. „Es gibt eigentlich keinen Grund zu bleiben."

Sein Kiefer verkrampfte sich und er nickte. Manchmal stolperte man, manchmal fiel man und manchmal machte es einfach keinen Sinn, wieder aufzustehen.

KAPITEL ELF

„Ich kann nicht glauben, dass ihr Ladies nach gestern Abend so früh hier seid, um Karten zu spielen." Donna, eine langjährige Kellnerin im Café, goss noch mehr Kaffee in Eileen Farradays Tasse.

„Du warst auch da." Ruth Ann warf einen Chip in den Pot. „Ich bin dabei."

Donna ging um den Tisch herum, um Dorothys Tasse wieder aufzufüllen. „Ja, ich war dort, aber ich bin nicht bis zum Ende geblieben. Wie Cinderella in ihrer Kürbiskutsche lag ich kurz nach Mitternacht zu Hause im Bett. Ich habe gehört, dass ihr Ladies noch bis in die frühen Morgenstunden die Tanzfläche unsicher gemacht habt."

Sally May legte ihre Karten ab. „Ich bin raus. Und ich würde halb zwei kaum als frühe Morgenstunden bezeichnen."

„Absolut." Eileen legte ihre Karten zusammen und warf einen Chip in den Pot. „Vielleicht vier Uhr. In New York schlossen die Bars um vier Uhr morgens, dann gingen wir alle zum Frühstücken. Aber niemand kann um drei Uhr morgens frühstücken. Das ist also nur sehr spät in der Nacht."

„Nicht einmal Abbie ist heute Morgen gekommen." Lächelnd stieß Donna einen kurzen Seufzer aus. „Wenn ich groß bin, hätte ich auch gerne eure Verfassung."

„Gutes Mädchen." Dorothy warf einen Chip in den

Pot. „Was zum Teufel, ich gehe mit.“

„Seht und weint.“ Ruth Ann deckte ein Royal Flush auf.

Dorothy schüttelte den Kopf. „Bei einer solchen Hand hätte man mehr setzen sollen.“

„Wenn ich mehr gesetzt hätte, wärt ihr alle ausgestiegen.“

„Vielleicht.“ Eileen zuckte mit den Schultern und sah sich dann um. So wie es aussah, schliefen heute auch so ziemlich alle anderen in der Stadt aus. Dennoch senkte sie ihre Stimme und beugte sich nach vorne. „Ich habe mich noch lange mit Gray unterhalten, bevor ich in den Truck stieg.“

Ruth Ann hörte auf, die Karten zu mischen. „Du hast *was*?“

„Du hast mich verstanden. Ich habe Valerie und Morgan fast den ganzen Abend beobachtet.“

„Ich weiß.“ Dorothy lächelte. „Sie geben ein wunderbares Paar ab.“

Eileen wedelte mit der Hand in der Luft. „Was nützt das, wenn sie an der Westküste ist und er hier? Aus dem Gespräch heute Morgen beim Frühstück ging hervor, dass sie nicht vorhaben, in Kontakt zu bleiben, geschweige denn, sich wiederzusehen, sobald sie nach Kalifornien zurückfährt.“

Ruth Ann schob die Karten zur Seite, damit Sally May abheben konnte, und schnaubte ihre Freundin an. „Ist dir vielleicht in den Sinn gekommen, dass er der Meinung ist, dass ihre Pläne dich nichts angehen?“

„Unsinn. Es gibt keinen Grund, etwas vor mir zu verbergen. Außerdem war ich direkt und habe gefragt, ob sie in Kontakt bleiben.“

Dorothy runzelte leicht die Stirn. „Und er sagte nein?“

„Habe ich das nicht gerade gesagt?“ Eileen lehnte sich in ihrem Stuhl zurück. „Als ich in den Truck stieg, rief ich Gray rüber. Ich habe ihn gefragt, ob er sich sicher ist, dass Morgan und Valerie füreinander bestimmt sind."

Sally May nahm ihre erste Karte und warf Eileen einen Blick von der Seite zu. „Was hat er gesagt?"

„Hört ihr euch überhaupt zu?" Ruth Ann teilte weiter aus. „Unser Hund spricht nicht."

„Vielleicht nicht in Worten wie du und ich, aber vertrau mir, dieser Hund kommuniziert, wenn er will." Sally May nahm eine weitere Karte.

„Sie hat recht." Eileen legte ihre Hand auf die Rückseite ihrer Karten.

„Also, was hat er gesagt?"

„Während ich redete, neigte er den Kopf in eine Richtung, blickte zum Horizont, und so sicher wie ich Eileen Farraday heiße, setzte er sich auf seine Hinterläufe, hob den Kopf, bellte einmal, sprang dann auf, wedelte mit dem Schwanz und leckte mir dann die Hand, bevor er zu den Männern lief, um das Vieh zu hüten."

„Vielleicht hat er nur guten Morgen gesagt", schlug Dorothy vor.

„Oder vielleicht", Sally May winkte ihrer langjährigen Freundin mit dem Daumen zu, „weiß der Hund etwas, was wir nicht wissen."

„Wäre nicht das erste Mal." Dorothy nahm ihre Karten.

Bisher hatten diese Hunde bei den Farraday-Kindern eine Erfolgsquote von zehn von zehn. Selbst die unwahrscheinlichsten Dinge waren eingetreten. Eileen hatte keine Ahnung, wie das ausgehen würde, aber sie hatte Vertrauen in Gray und seinen Anhang.

„Guten Morgen", verkündete Ruth Ann etwas lauter als nötig, außer …

Eileen reckte den Hals und sah, wie Valerie neben ihr stehen blieb. „Möchtest du mit uns mitspielen?"

„Meg sagte, dass eine Einladung zum Pokerspiel eine seltene Sache ist, die man sich nicht entgehen lassen sollte. Außerdem war ich noch nie gut darin, nach Sonnenaufgang zu schlafen."

„Hört sich an, als wäre an dir eine gute Rancherin verlorengegangen." Eileen schob ihr einen Stuhl hin. „Die meisten stehen schon lange vor Sonnenaufgang auf."

Sally May trat Eileen unter dem Tisch und warf ihr dann einen *Halt-den-Mund*-Blick zu.

„Ich könnte mir nicht vorstellen, Rancherin zu sein." Val ließ sich zwischen Eileen und Sally May nieder.

„Nicht?" Dorothy sah fast verloren aus. Was keinen Sinn ergab, da Morgan kein Rancher war. Alle Farradays kamen von der Viehzucht, aber die nächste Generation in Oklahoma hatte es einfach als lukrativer empfunden, sich dem Baugewerbe zuzuwenden.

„Es gibt so viel Schönes, was West-Texas betrifft." Valerie hielt inne, während Ruth Ann ihr ihre Karten gab. „Ich gebe offen zu, dass ich Jeans und Cowboy-stiefel liebe, aber ich verstehe nicht, warum niemand Einkaufszentren, Theater, Live-Auftritte und gutes Essen vermisst. Nicht, dass ich irgendetwas davon sehr oft machen kann, aber zumindest ab und zu die Möglichkeit zu haben, ist schön."

„Nun, da ist Butler Springs", schlug Dorothy vor, obwohl jeder am Tisch wusste, dass das nicht annähernd die Art von Unterhaltung und Shopping war, die Valerie meinte.

Valerie hielt ihre Karten an die Brust und zitterte kurz. „Dann sind da noch die Schlangen. Sie sind hässlich, beängstigend und, soweit ich weiß, überall, nicht nur draußen in der Geisterstadt."

„Sie hat recht. Es ist West-Texas." Donna erschien mit einer Kanne Tee neben Valerie. Wenn sie näher bei ihr gewesen wäre, hätte Eileen sie getreten.

„Ich nehme an, das kalifornische Mädchen in mir überreagiert möglicherweise wegen der Waffen, der Kühe und der Pferde und der Tatsache, dass jeder hier noch vor dem Kindergarten zu wissen scheint, wie man mit allen dreien umgeht. Nun, vielleicht nicht mit Waffen, aber ich habe alle von Stacey Rodeo-Auszeichnungen gesehen. Nein", sie schüttelte den Kopf, „ich wäre eine miese Rancherin geworden. Ich bin durch und durch ein südkalifornisches Mädchen."

Eileen konnte bezüglich der Einkaufsmöglichkeiten, dem Theater, den Pferden und den Kühen nicht viel tun, aber vielleicht gab es eine Sache, die sie richtigstellen könnte. „Wann führt dich deine Arbeit zurück nach Kalifornien?"

„Es gibt eigentlich keinen Grund zu bleiben. Ich wollte morgen irgendwann zurückfahren."

Morgen. Mit ein wenig Hilfe würde ihr das gerade genug Zeit geben. Wer sagte, dass West-Texas kein gehobenes Essen bieten könnte?

„Danke. Ich schreibe dir heute noch eine E-Mail." Morgan beendete den Anruf und schloss die Abdeckung des Schlüsselkastens. Heute Morgen war er unruhig aufgewacht. Verstimmt. Er kannte den Grund dafür, weigerte sich jedoch, ihn sich einzugestehen. Er und Valerie hatten fast die ganze Nacht getanzt. Sie hatte sich in den Two-Step verliebt und jedes passende Lied ausgenutzt, um das Tanzbein zu schwingen. Er hingegen hatte es auf sich genommen, dafür zu sorgen, dass er jedes Mal ihr Tanzpartner war. Sobald er nach Hause kam, würde er sich wirklich bei seiner Mutter dafür bedanken müssen, dass sie auf all die Tanzstunden bestanden hatte.

Er wusste nicht, wann Valerie morgen die Stadt verlassen würde, aber er wusste, dass er sie noch einmal sehen wollte, bevor sie ging. Schade, dass das Pub am Montagabend geschlossen war. Er würde sich über eine weitere Chance freuen, noch mindestens einmal mit ihr zu tanzen.

Auf dem Bürgersteig bog er in die Straße von Adam und Megs Haus und war überrascht und erfreut, Valerie die Vordertreppe herunterkommen zu sehen. „Hallo."

„Nun, das ist eine schöne Überraschung." Die echte Freude in ihrem Gesicht ließ ihn etwas aufrechter stehen.

„Ich wollte dich gerade besuchen."

„Das ist ein Zufall. Toni hat erwähnt, dass du im Café zu Mittag isst."

„Habe ich. Danach musste ich in der Stadt noch schnell ein paar Erledigungen machen." Er hielt sich davon ab, wie ein nervöser Teenager herumzuzappeln und mit den Steinen auf dem Bürgersteig zu spielen. „Ich weiß, dass das deine letzte Nacht in der Stadt ist."

Sie nickte.

„Nach Butler Springs ist es nicht allzu weit, aber wenn du Lust hast, würde ich dich gerne zu diesem köstlichen Steak-Dinner in das Restaurant einladen, von dem mein Bruder so schwärmte." Die Erwähnung des einzigen Steakhauses in Fahrentfernung war das einzig Gute, das Morgan aus Neils beiläufigen Flirtversuchen mitgenommen hatte.

„Oh, ich kann nicht."

Er nickte und trat einen Schritt zurück. Verdammt.

„Du verstehst nicht." Sie griff nach seinem Arm. „Ich habe Jaime und Abbie versprochen, dass ich einen Testlauf im Pub mitmachen würde."

„Testlauf wofür?"

„Ein feines kulinarisches Erlebnis. Deshalb war ich auf dem Weg ins Café. Ich wollte dich persönlich fragen, ob du Zeit hast, mich zu begleiten."

Eine Welle der Erleichterung hob seine Stimmung und zauberte ein Lächeln auf sein Gesicht. „Zumindest scheinen wir beide die gleiche Grundidee gehabt zu haben. Ich freue mich, Jaime helfen zu können."

Sie schlug zufrieden ihre Hände zusammen. „Ausgezeichnet."

„Allerdings ist dies das erste Mal, dass ich von neuen Plänen für ein Dinner im Pub höre. Ich frage mich, warum er nicht zur Familie gekommen ist?"

„Laut Abbie möchte Jamie die kritische Meinung einer Auswärtigen. Oder wie du so oft erwähnt hast, eines Großstadtmädchens."

„Das macht durchaus Sinn. Die meisten Leute hier denken, dass Franks Hackbraten zu gehobener Küche zählt." Er hob seine Hände mit den Handflächen nach außen. „Nicht, dass ich Franks Hackbraten nicht mag, er ist in der Tat äußerst köstlich, aber …"

„Ich verstehe. Über Essen für die Seele kann man nicht streiten, aber das ist ein ganz anderes Erlebnis."

„Wann soll ich dich abholen?"

Valerie blickte auf ihr Handgelenk. „Ich weiß, dass du heute Abend zu einer angemessenen Zeit zur Ranch zurückkehren musst. Wie wäre es mit sechs?"

„Sechs ist in Ordnung. Und ich verspreche, egal zu welcher Zeit, ich werde mich nicht in einen Kürbis verwandeln."

Während der gesamten Fahrt zurück zur Ranch fragte sich Morgan immer wieder, warum Jamie ein gehobenes Restaurant eröffnen wollte, wenn das Pub an den Wochenenden ohnehin schon so gut besucht war. Es ergab keinen Sinn, aber wer war er, an seinem Cousin zu zweifeln? Der Mann hatte ein erfolgreiches Geschäft aufgezogen. Was war also dabei, wenn er expandieren wollte?

„Nun, du hast aber einen federnden Schritt." Seine Tante lächelte ihn vom Spülbecken aus an.

Es ließ sich nicht bestreiten, dass sich seine Stimmung heute Nachmittag im Vergleich zu dem Zeitpunkt, als er aufgewacht war, enorm verbessert hatte. Der Verdienst für seinen Stimmungswechsel ruhte eindeutig auf Valerie Moores Schultern. Die Frau war etwas ganz Besonderes, und wenn er nicht aufpasste, würde er sich Hals über Kopf in sie verlieben. Der Himmel wusste, dass er bereits mehr als die Hälfte des Weges ... hinter sich hatte. Der unerwartete Gedanke stolperte in seinem Kopf.

„Ich habe kein Dinner Jackett mitgebracht. Glaubst du, Onkel Sean hätte etwas dagegen, wenn ich mir etwas von ihm leihe?"

„Ich glaube nicht, dass es ihm etwas ausmachen wird. Wo braucht man in dieser Gegend ein Dinner Jackett?"

„Jamie will heute Abend ein besonderes Menü testen, also dachte ich mir, wenn er sich die Mühe macht, sein Geschäft zu vergrößern, könnte ich zumindest einen Anzug tragen." Für Jamie und Valerie. Sie hatte so viel getan, um in seine Welt zu passen, das Mindeste, was er tun konnte, war, ein Jackett zu tragen, mit dem er in ihre passte. Bei Anlässen wie diesem war es gut, dass die Farraday-Männer alle aus demselben Holz geschnitzt waren. Bis auf wenige Ausnahmen waren sie nahezu alle gleich groß und gleich gebaut.

„Klingt gut." Einer der beiden Hütehunde kam und kratzte an der Hintertür. Tante Eileen ließ den Vierbeiner herein und drehte sich wieder zu Morgan um. „Geh und sieh in seinem Schrank nach." Sie deutete mit dem Daumen über die Schulter in Richtung ihres Schlafzimmers. „Bediene dich bei allem, was du möchtest."

Gray blieb vor seinen Füßen stehen und ließ sich auf die Hinterbeine fallen. Morgan würde unter Eid aussagen, dass das Tier ihn gerade anlächelte. Sanft kratzte er eine Minute lang den Kopf des Hundes, bevor er wegging. Ein paar Schritte den Flur hinunter auf dem Weg zum Schlafzimmer hätte er schwören können, dass er hörte, wie seine Tante dem Hund sagte, dass er recht hatte. Und was noch lustiger war, er war sich ziemlich sicher, dass er hörte, wie sie sich bei dem Hund dafür entschuldigte, dass sie jemals an ihm gezweifelt hatte. Vielleicht verbrachte sie etwas zu viel Zeit allein im Ranchhaus. Er würde bei der ersten Gelegenheit mit seinem Onkel darüber reden müssen.

Eine Dusche, eine Rasur und sein Lieblingshemd später war Morgan wieder aus der Haustür hinaus. Schweigend sprach er ein kleines Gebet, dass seine Tante nicht bemerken würde, dass er ein paar Blumen aus ihrem Vorgarten gepflückt hatte. Normalerweise würde er in einem Blumenladen vorbeischauen, aber heute war keine Zeit. Das strahlende Lächeln auf Vals Gesicht, als er ihr den Blumenstrauß überreichte, bewies einmal mehr, dass eine einfache, herzliche Geste das Herz eines jeden Mädchens erobern konnte.

Seine eigenen Gedanken ließen ihn innehalten. War es das, was er versuchte? Ihr Herz gewinnen? Er musste sich wirklich zusammenreißen.

„Komm eine Minute herein, ich hole mir eine Vase von Meg."

„Lass dir Zeit." Sein Blick wanderte ihr hinterher, als sie wegging, aber seine Gedanken waren bereits einen Moment zuvor beim Anblick klassischer Schönheit hängengeblieben. Die Frau trug ein schlichtes schwarzes Kleid, das sich an jede Kurve ihres Körpers anschmiegte, ohne billig zu wirken. Ihr Haar war an ihrem Hinterkopf wellenförmig hochgesteckt und lenkte seinen Blick auf ihren köstlich langen Hals und eine einfache Perlenkette, die perfekt zwischen … nun ja, die perfekt drapiert war. Er musste seinen Kopf wieder freibekommen. Das war ein ungezwungenes Abendessen unter Freunden, und es wäre gut für ihn, sich das immer wieder in den Sinn zu rufen.

Ein paar Minuten später hatte er einen kurzen Plausch mit seinem Cousin gehalten und Valerie aus der Tür geführt, um die Ecke und unter die Stille der großen Eichen. Der Weg zum Pub war kurz. Alles in Tuckers Bluff war nur einen kurzen Spaziergang voneinander entfernt.

„Ich weiß es wirklich zu schätzen, dass du mitkommst. Ich würde mich ein bisschen zu sehr wie eine Essenskritikerin fühlen, wenn ich alleine an einem Tisch sitzen müsste."

„Ich bin froh, dass du mich gefragt hast." Trotz seiner eigenen kleinen Anti-Aufmunterungsrede vor wenigen Augenblicken griff er nach ihrer Hand und fühlte den Adrenalinstoß, den ein Teenager bei seinem ersten richtigen Date verspürte. Er würde es hassen, sie loslassen zu müssen, sobald sie das O'Fearadaigh's erreichten.

KAPITEL ZWÖLF

Am Ende von Megs Straße kam das Pub in Sicht. Sie gingen die restliche Strecke, ohne ein weiteres Wort zu sprechen. Das Seltsame war, dass er nicht das Bedürfnis verspürte, die Stille mit leeren Worten zu füllen. Er hatte immer gedacht, dass der Begriff *angenehmes Schweigen* keinen Sinn ergab. Wie konnte Schweigen angenehm sein? Offensichtlich war es durchaus möglich, mit einer Person vollkommen glücklich zu sein, ohne ein Wort zu sagen. Wenn es die richtige Person war.

An der Tür ließ Morgan ihre Hand los, zog an der massiven, verzierten Messingklinke und winkte sie hinein.

„Oh mein Gott."

Die Verstreuten Stehtische im Pub waren verschwunden und die restlichen Tische waren in weiße Tischdecken gekleidet. Der sanfte Schein des Kerzenlichts verlieh dem Raum eine warme Atmosphäre. Der Kontrast zur normalerweise fast höhlenartigen Dunkelheit des Irish Pub war fast beunruhigend. Es dauerte einen Moment, bis er die sanften melodischen Klänge bemerkte. Ganz anders als die irische Musik, die normalerweise das O'Fearadaigh's erfüllte. Gleich hinter der Tür war an einem Podium ein Schild mit der Aufschrift *Bitte warten Sie, bis wir Sie zu Ihrem Platz führen* angebracht. Nicht, dass sie sehr lange warten mussten.

„Willkommen im *Chez Farraday*.“ In einem dunkelgrünen Abendkleid trat Meg an das Podium. „Wir haben den besten Tisch im Haus für Sie reserviert. Wenn Sie mir bitte folgen.“

Als Valerie erwähnt hatte, dass sie als Versuchskaninchen für ein gutes kulinarisches Erlebnis dienen sollte, hatte er gedacht, dass damit das Essen und nicht das Ambiente gemeint war. Zu Morgans Überraschung nahm Meg, als sie Platz genommen hatten, die weißen Leinenservietten beiseite und holte stattdessen eine schwarze hervor, die sie auf Vals Schoß ausbreitete, sowie eine weitere schwarze Serviette für seine dunkle Hose.

„Ihre Kellnerin für heute Abend wird in einem Moment bei Ihnen sein. Genießen Sie Ihr Abendessen.“

Meg machte kehrt und Jamie erschien aus dem Nichts, um ihre Gläser mit Wasser zu füllen. Morgan war von der ganzen Umstellung so erschrocken, dass er die Wasserkelche auf dem Tisch und die zwei unterschiedlich großen Weingläser, eines für weißen, eines für roten, nicht bemerkt hatte.

Als nächstes erschien Jamison Farradays bessere Hälfte in einer schwarzen Hose und einem weißen Hemd.

„Guten Abend. Mein Name ist Abigail und ich werde heute Abend Ihre Kellnerin sein.“ Abbie rezitierte dann das Abendmenü und die Spezialitäten.

Morgan war von der gesamten Inszenierung so begeistert, dass er kein einziges Wort mehr von dem hörte, was sie sagte.

„Das klingt alles so wunderbar.“ Valerie lächelte Abbie an. „Ich möchte mit der Champagner-Brie-Suppe beginnen, außerdem klingt der Ziegenkäsesalat köstlich, und dann nehme ich noch den gegrillten Wolfsbarsch. Und bitte einen Pinot Grigio.“

„Sehr gerne. Und Sie, Sir?“

Da er es nicht übers Herz brachte, sie dazu zu bringen, ihre Eröffnungsrede zu wiederholen, entschied sich Morgan für den einfachen Ausweg. „Ich nehme dasselbe wie die Lady." Obwohl bei genauerer Überlegung Ziegenkäsesalat wahrscheinlich nicht sein Ding war. Aber die Gesellschaft war das, was wirklich zählte.

„Ich lasse Ihren Wein gleich bringen." Abbie drehte sich um und blieb kurz an der Bar stehen, bevor sie in die Küche ging.

„Ich bin sprachlos." Valerie trank einen Schluck Wasser.

Morgan nickte. „Es sieht ganz anders aus."

„Fühlt sich auch anders an. Ich meine, wenn ich genau hinsehe, kann ich erkennen, dass es das Pub ist, aber wenn ich nur hier sitze, ist die Atmosphäre völlig anders. Schön."

Abbie erschien mit ihren Weinen und einem silbernen Korb mit warmem Brot. „Die Suppe wird jeden Moment hier sein. Kann ich Ihnen in der Zwischenzeit noch etwas anbieten?"

„Nein danke." Val sah sich noch einmal um. „Ihr habt tolle Arbeit geleistet. Wenn das Essen auch nur halb so gut ist, weiß ich, dass es fantastisch sein wird."

„Danke, ich schaue besser nach Frank. Er war wegen all dem etwas nervös."

„Frank?" Morgans Stimme wurde leiser. „Wie in Café-Koch Frank?"

„Selbiger." Abbie lachte. „Anscheinend steckt in ihm mehr als nur Hack- und Schmorbraten." Sie nahm wieder einen förmlichen Tonfall ein: „Wenn Sie mich entschuldigen würden."

Valerie griff nach dem Brot und wartete, bis Abbie außer Hörweite war. „Ich bin mir nicht sicher, ob ich fasziniert oder verängstigt sein soll."

„Ich neige zu fasziniert, aber ich gebe zu, dass ich

mir weniger Sorgen machen würde, wenn auf der Speisekarte französische Zwiebelsuppe stehen würde. Aber wie schlimm kann man Champagner oder Käse schon ruinieren?“

Die Finger auf ihrer Brust gespreizt, runzelte Valerie die Stirn, lächelte und schüttelte den Kopf. „Ich wünschte wirklich, du hättest diese Frage nicht gestellt.“

„Entschuldigung.“ Er lächelte und verschluckte fast seine Zunge, als er tief in Valeries Kehle ein leises Stöhnen hörte, als sie das warme Brötchen aufbrach.

„Oh, das erinnert mich an das italienische Brot, das man in der Arthur Avenue in der Bronx bekommt.“ Sie nahm einen kleinen Bissen, steckte ihn in ihren Mund und stöhnte erneut. „Als Praktikantin durfte ich an einer Produktion mitarbeiten, die in New York gedreht wurde. LA hat einige großartige Restaurants, versteh mich nicht falsch, aber ich habe dieses italienische Brot in New York nie vergessen. Das hier schmeckt definitiv nach Arthur Avenue.“

„Tut mir leid, Arthur Avenue?“

„Little Italy.“ Sie griff nach der Butter. „Das ist auf jeden Fall gut genug, um es pur zu essen, aber ich kann ein wenig Brot zu meiner Butter nicht widerstehen.“

Er lachte über ihr Wortspiel und die riesige Menge Butter, die sie auf das kleine Stück Brot geschmiert hatte. „Ich vertraue auf Toni. Sie ist eine großartige Bäckerin und kommt aus Boston. Wenn hier irgendjemand auch nur die geringste Ahnung hat, wie man italienisches Brot backt, dann sie.“

„Jetzt weiß ich wirklich nicht, was ich vom Abendessen erwarten soll.“

Er deutete mit dem Kopf auf den hinteren Flur. „Wir werden es früh genug herausfinden. Hier kommt sie.“

Abigail stellte zuerst vor Valerie und dann vor

Morgan eine große Schüssel auf den Tisch. Als nächstes wandte sie sich dem Tablett hinter sich zu und hielt ihr eine riesige Pfeffermühle hin. „Möchten Sie etwas Pfeffer?"

„Nein danke." Valerie schüttelte den Kopf.

„Danke, ich auch nicht."

Da Abbie keine Anstalten machte, sich zu bewegen, vermutete Morgan, dass sie auf ihre Reaktion wartete.

Er nahm den Suppenlöffel in die Hand, tauchte ihn zur Hälfte ein, wobei er sich alle Mühe gab, etwas davon herauszuschöpfen, ohne alles zu verschütten, und probierte dann seinen ersten Schluck. „Okay, das ist köstlich."

Abbies zögernder Gesichtsausdruck wich einem breiten Grinsen. Als sie ihrem Mann hinter der Bar leicht zunickte, wurde Jamies Lächeln breiter und passte sich ihrem an.

„Köstlich ist eine Untertreibung." Valerie tauchte ihren Löffel erneut in die Suppe. „Vielleicht muss ich noch eine Bestellung aufgeben oder noch zehn."

Abbie kicherte herzlich und trat zurück. „Ich werde es Frank sagen." Und mit diesen kurzen Worten war sie verschwunden.

„Das ist so gut. Es ist mir egal, wie viele Kalorien das hat. Ich kann nicht glauben, dass ein ehemaliger Armeekoch diese Suppe zubereitet hat." Valerie blies auf einen weiteren Löffel.

„Anscheinend steckt Frank voller Überraschungen." Morgan sagte kein weiteres Wort, bis seine Schüssel leer war. „Ich weiß nicht, wie es dir geht, aber ich denke, fünf Sterne."

„Nicht genug." Sie trank den letzten Löffel aus, tupfte sich mit der Serviette beide Mundwinkel ab und lehnte sich dann in ihrem Stuhl zurück. „Wenn ich jetzt sterbe, würde ich als glückliche Frau sterben."

Morgan kicherte. „Ein erfülltes Leben wegen dieser Suppe. Aber ich kann dir nicht widersprechen. Ich denke das gleiche.“

„Weißt du, was das Beste ist?“, fragte sie.

„Was?“

„Ich musste nichts davon kochen. Und weißt du, was noch?“

Er schüttelte den Kopf.

„Diese ganze Sache hat mich so umgehauen. Der beste Service, das beste Ambiente und das bisher beste Essen, mitten in einer Stadt mit nur einem Restaurant. Es würde mich nicht wundern, wenn das Geschirr und die Möbel zum Leben erwachen und durch den Raum tanzen.“

„Okay. Da muss ich widersprechen. Ich wäre schockiert, wenn mein Besteck jetzt auf dem Tisch tanzen würde.“

Das brachte Valerie noch mehr zum Lachen. „Ich meine, das hier erweist sich als der perfekte Abend. Der perfekte Abschluss meines Aufenthaltes.“

Er bemühte sich sehr, ein ernstes Gesicht zu bewahren. Es war nichts Perfektes daran, dass sie ihren Aufenthalt hier beendete, und er wusste es.

Valerie könnte sich keine schönere Art vorstellen, ihren letzten Abend in Tuckers Bluff zu verbringen. Sie hatte ernst gemeint, was sie gesagt hatte. Alles war wirklich perfekt. Das Essen *und* die Gesellschaft, und nicht unbedingt in dieser Reihenfolge. Als der Salat ankam, war sie überrascht, dass der Ziegenkäse mit Mandelkruste tatsächlich warm und nicht nur darüber gestreut war.

„Wow.“ Sie versuchte, nicht vor Freude zu stöhnen. „Ich dachte, die Suppe wäre das Highlight und dass das nur ein Salat ist. Ich glaube, ich habe mich geirrt."

Morgan sah alles andere als überzeugt aus, als seine Gabel auf den Babyblattspinat und die kandierten Mandeln einstach, die den warmen Käse umgaben.

„Versuch es. Du wirst sehen."

Eine Augenbraue hob sich, als er nach unten blickte und ein Stück Käse aufspießte. Diesmal war er derjenige, der wegen des überraschenden Geschmacksausbruch in seinem Gaumen aufstöhnte. „Erinnere mich daran, nie wieder an dir zu zweifeln."

Sie kicherte und winkte ihm mit der Gabel zu. Keine wirklich angemessene Geste, für ein so überraschend schickes Dinner, aber sie konnte sich nicht erinnern, wann sie das letzte Mal das Abendessen oder die Gesellschaft so sehr genossen hatte. „Werde ich definitiv."

„Darauf wette ich." Sein Grinsen wurde breiter, als er eifrig eine weitere Portion auf seine Gabel häufte.

„Ich kann ehrlich sagen, dass jeder Bissen himmlisch ist. Bisher steht es für das Abendessen zwei von zwei."

Morgan nickte. „Wer hätte gedacht, dass Salat so schmecken kann."

Irgendwo zwischen den *Ohhs* und *Aahs* bei der Suppe und dem Salat bemerkte Valerie langsam, dass die Musik von einem leisen Instrumentalstück zu sanfter Gesangsdarbietung gewechselt war. Im Moment sang jemand aus vollem Herzen: *What a Difference a Day Makes*. Ja, was für einen unterschied ein Tag machte.

„Oh, wow." Morgan blickte auf.

„Jetzt bin ich an der Reihe. Was?"

„Ich bin mir ziemlich sicher, dass das Tante Eileen ist."

Val blickte über ihre Schulter und erwartete, die Frau den Flur hinauf- oder von der Bar weggehen zu sehen. „Wo?"

Ein einzelner Finger zeigte auf die Lautsprecher an der Decke. Er schob seinen Stuhl vom Tisch weg und reichte ihr die Hand. „Darf ich um diesen Tanz bitten?"

Nachdenklich biss sie sich auf die Unterlippe und überlegte, was auf sie zukommen könnte. Was würde ein kleiner Tanz schon ausmachen? „Sehr gerne, aber du musst mir etwas bezüglich deiner Tante erklären."

Er nickte und führte sie zur Tanzfläche. Wie am Abend zuvor schmiegte sie sich an ihn, als wäre sie nur für ihn geschaffen. In dem kleinen Bereich, der als Tanzfläche vorgesehen war, drehte er sie herum und zog sie wieder an sich. „Wir wussten immer, dass Tante Eileen wunderbar singen kann. Sie hatte die meiste Zeit unseres Lebens für uns alle gesungen. Vor allem, wenn wir uns schlecht fühlten. Irgendwann hatten wir erfahren, dass Tante Eileen ihre Verlobung aufgegeben hatte, um sich um die Kinder ihrer Schwester zu kümmern."

Valerie nickte. Sie erinnerte sich vage daran, dass dies letzte Woche oder so in einem Gespräch kurz erwähnt worden war.

„Es stellte sich heraus, dass sie neben dem Verlobten auch eine Gesangskarriere aufgegeben hatte."

„Du machst Witze?" Nicht, dass sie es nicht glaubte, aber sie hatte sicher nicht damit gerechnet, das zu hören.

„Mit aufgenommenen Alben und dem ganzen Drumherum." Er ließ für einen Moment ihre Hand los und zeigte wieder nach oben. „Das ist sie."

Val hielt inne, um zuzuhören, wirklich zuzuhören. „Sie ist großartig."

„In mehrfacher Hinsicht."

„Diese Stadt und deine Familie stecken voller Überraschungen."

„Das Leben hier ist nie langweilig." Er zog ihre Hand enger zu sich. „Und wenn wir dir keine Unterhaltung bieten können, werden wir etwas finden. Egal, ob es sich um Schwarzbrenner handelt oder …"

„Eine Geisterstadt?"

Er nickte und seine Augen funkelten volle Humor. „Und wenn man der Stadt glaubt, stimmt das mit den Geistern sogar."

„Fand es niemand merkwürdig, dass der einzige Raum, der von dem Geist betroffen war, Teds Zimmer war?"

„Nun, da war noch der Zuckervorfall."

„Stimmt", nickte sie, „aber die bewegten Möbel, die Stimmen, die Musik …"

„Musik? Was war damit?"

„Ted. Er hörte Musik und dachte, jemand hätte einen Wecker gestellt, aber es gab keinen Wecker im Zimmer."

„Ich frage mich, ob Ted trinkt und niemand es weiß?"

„Das ist ziemlich weit hergeholt."

„Nicht so weit wie Geister. Oder glaubst du an Geister?"

„Sagen wir einfach, ich versuche, aufgeschlossen zu bleiben."

„Wie du meinst." Sie lachte. „Was war das mit den Schwarzbrennern?"

„Soweit ich gehört habe, war Ian daran beteiligt, einen Schmuggelring festzunehmen, der von Tuckers Bluff aus schwarzgebrannten Alkohol über die Staatsgrenze brachte."

„Und die Stadt wirkt so süß. Waren es Einheimische?"

„Er nickte. „Irgendwie. Ob du es glaubst oder nicht, die Prohibitionsaktivistin der Stadt, Mabel Berkner, die härter als jeder andere darum kämpfte, die Stadt trocken zu halten – der Schuldige war ihr Neffe.“

„Oh, das klingt, als stammte es direkt aus einem Samstagabendkrimi.“

„Gerüchten zufolge ist sogar besagte Tante die Anführerin des Schmuggelrings.“

„Meine Güte.“ Vor Lachen legte sie den Kopf zurück. „Wenn mir einmal das Material ausgeht, weiß ich, wohin ich kommen muss.“

Sein warmes Lächeln verschwand. „Wirst du das? Zurückkommen?“

Wie sehr sie wünschte, sie wüsste es. „Wenn eine Pilotfolge bestellt wird, werden wir wieder filmen.“

„Und wenn nicht?“

Sie stieß einen kurzen Seufzer aus. „Ich nehme an, wenn ich einen Grund hätte.“

„Einen geschäftlichen?“

Die Melodie über ihnen änderte sich, ihre Schritte wurden langsamer und die Luft zwischen ihnen war dicker geworden. Plötzlich schien es ihr unmöglich zu denken, und ihre Stimme wurde noch leiser. „Ich weiß nicht.“

Sein Kopf bewegte sich einmal, dann senkte er sein Kinn und sein Atem erwärmte sie bis in die Zehen, kurz bevor seine Lippen die ihren fanden. Die Berührung war zart, süß, sanft und viel zu kurz. Er zog sich zurück und seine Augen schienen direkt in ihre Seele zu blicken.

Ein lautes Räuspern, gefolgt von lautem Geschirrklappern, unterbrach die Verbindung. Abbie hielt dem Paar den Rücken zugewandt und schien beim Servieren des Essens so viel Lärm wie möglich zu machen.

Morgan hielt ihre Hand immer noch fest und machte einen Schritt zurück. „Das Abendessen wird kalt.“

Nichts fühlte sich mehr richtig an. Nicht, zu Abend essen. Nicht, die Tanzfläche zu verlassen. Nicht, seine

Hand loszulassen. Und schon gar nicht, die Stadt zu verlassen. Wie konnte ihre Welt in so kurzer Zeit plötzlich so aus dem Gleichgewicht geraten?

KAPITEL DREIZEHN

Valerie gab innerlich einen Jubelschrei von sich, drehte sich im Kreis und war kurz davor, in ihrem Büro zu tanzen. „Ja. Ich freue mich, dass Sie zustimmen."

Marilyn streckte ihren Daumen nach oben. Aufgrund der wenigen Worte, die Valerie während des Anrufs gesagt hatte, war es aber unwahrscheinlich, dass Marilyn wusste, warum Val so glücklich war. Doch wie jede gute Freundin war sie bereit, ihre beste Freundin anzufeuern.

„Oh, aber …" Val blieb stehen und starrte aus dem großen Glasfenster. „Ich verstehe, aber meine Absicht …" Val drückte ihren Nasenrücken, schnaubte und ließ sich auf den Stuhl in der Nähe gleiten. „Ich verstehe. Ja. Ich werde gleich loslegen."

„Eine Minute lang dachte ich, das Mittagessen könnte von Burgern und Pommes auf Steak und Champagner aufgewertet werden, aber wegen deiner plötzlichen Gemütsschwankung muss ich fragen, ob wir gerade zu Suppe und Salat degradiert wurden."

Sie schaute nach unten, warf ihr Handy auf den Schreibtisch und drehte sich zu Marilyn um. „Der Sender war von dem Sizzle-Reel begeistert. Sie dachten, dass die Cousins aus dem Baugewerbe das richtige Aussehen und das richtige harmonische Verhältnis hätten, aber sie liebten den Stadtmenschen, der Texaner spielte."

„Ich dachte, du hättest gesagt, die Construction Cousins wären alle Cowboys aus Texas?“

„Oklahoma, aber meiner Meinung nach, ist das mehr oder weniger dasselbe.“

„Irgendwie glaube ich nicht, dass ein Texaner dir da zustimmen würde. Aber wer ist dann der Stadtmensch?“

„Anscheinend bin ich das.“

„Du?“

Val nickte. „Vielleicht war ich zu perfekt für die Rolle gekleidet.“

„Das erklärt einiges.“

„Erklärt was?“

„Warum du letzte Woche Jeans und Stiefel getragen hast, als wir etwas trinken gingen.“

„Die sind bequem.“

„Ja, das hast du damals auch gesagt. Du bist also der Stadtmensch.“

Manchmal war Marilyn etwas begriffsstutzig und brauchte etwas länger. Ihre Augen wurden unter hochgezogenen Brauen kreisrund. Ja. Sie hatte eins und eins zusammengezählt.

„Sie wollen, dass du tatsächlich in deiner eigenen Show auftrittst?“ Marilyn hätte nicht überraschter aussehen können, wenn ihr jemand gesagt hätte, dass Gott möchte, sie solle eine weitere Arche bauen.

„Vielleicht.“

„Vielleicht?“

„Ihnen gefielen die Slapstick Einlagen. Als Kontrast zu den drei perfekten Geschwistern.“

„Sie wollen also, dass du der schrullige Charakter bist, der jede neue Show zu einem Hit macht?“

Val kannte viele ihrer Seiten. Schließlich war keine reale Person nur zweidimensional. Aber schrullig war keine der Seiten, die sie an sich festgestellt hatte.

„Kann ich sehen, was du getan hast, das so reizvoll sein soll?“

„Die Produktionsfirma hat dem Sender das Sizzle-Reel und ein Band mit Outtakes gegeben."

Marilyn kicherte. „Falls sie die guten Sachen nicht mögen, rette das Ganze mit Patzern."

„Nicht unbedingt, aber du weißt ja, wie es ist. Manchmal erweisen sie sich als genauso wichtig für den Erfolg einer Serie wie die Show selbst."

„Und was nun?"

Seit Wochen stellte sie sich dieselbe Frage. Alles, was sie tat, gab ihr Anlass zum Nachdenken. Beim Einkaufen mit Marilyn sah sie sich Designerstiefel an und fragte sich, ob sie möglicherweise genauso bequem sein könnten wie die, die Toni ihr geschenkt hatte. Die gehobene Küche in ihrem ehemaligen Lieblingsrestaurant schien seinen Reiz verloren zu haben. Sich für die Premiere eines Films vorzubereiten, den ihre Freundin geschnitten hatte, schien eher Arbeit als Spaß zu sein. Allein am Strand Energie zu tanken, fühlte sich am Sonntagnachmittag eher einsam als entspannend an. Im Nachhinein wirkte das Chaos der großen Farraday-Familienessen nach der Kirche eher erholsam als chaotisch. Und sie vermisste es – vermisste *ihn*.

Sie würde zurückgehen. Dieses Mal würde sie ein größeres Budget und ein komplettes Team dafür haben. Produktionsleiter, Produzenten. Sie hatte alles vorbereitet und gehofft, dass ihr Bauchgefühl recht hatte und der Sender grünes Licht für die Pilotfolge geben würde. Und danach die Serie. Dann hätte sie einen Grund, länger dort zu bleiben. Sie musste ihn nur davon überzeugen, dasselbe zu tun.

Fünf Finger wedelten vor ihrem Gesicht. „Erde an Valerie."

„Hm?"

„Ich habe gefragt, was jetzt?"

„Oh, Entschuldigung. Ich gehe ein paar Dinge in meinem Kopf durch."

„Für die Show?“

Unter anderem. „Ja. Ich werde am Montag abreisen.“

„So schnell?“

Ein Lächeln zog sich um ihre Mundwinkel. „Ich bin schon seit Wochen bereit.“ Verdammt, ein paar Mal war sie nur kurz davon entfernt gewesen, einen Flug zu buchen und zurückzufliegen, nur um sich dann daran zu erinnern, dass ihre Welt hier war. Andererseits war sie sich plötzlich nicht mehr so sicher, wo ihre Welt war, und da sie sowieso bereit war, mit dieser Sache loszulegen, was würde es da schon anrichten, etwas früher zu gehen?

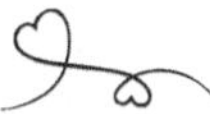

„Ich mache den Kartoffelbrei.“ Finn zog einen Kartoffelstampfer aus der Schublade.

„Spare nicht an der Butter.“ Tante Eileen schob ein Blech Brötchen in den Ofen.

„Nein, Ma’am“, antwortete Finn schnell.

Joanna stand neben der Besteckschublade und zählte die Gabeln ab. „Erwarten wir noch jemanden oder sind wir alle?“

„Meg und Adam kommen direkt vom Flughafen.“ Tante Eileen holte eine Kanne Tee aus dem Kühlschrank.

„Flughafen?“ Morgan wischte sich an der Hintertür die Füße ab. „Musste Allison wieder weg?“

„Nein.“ Ethans Frau kam aus dem Esszimmer und legte die zusätzlichen Servietten zurück in die Speisekammer. „Ich bleibe noch eine Weile hier.“

„Meg und Adam haben angeboten, Valerie vom Flughafen in Midland abzuholen.“ Joanna trug eine Faust voller Besteck ins Esszimmer.

Am Waschbecken spülte Catherine einen Trinkbecher aus. „Das war nett von ihnen.“

„Das ist doch selbstverständlich, da ihr Projekt so viel Aufmerksamkeit erregt hat.“ Sean Farraday gab seiner Frau einen Kuss auf die Wange. „Fiona hat alle Cheerios von Caitlin aufgegessen. Haben wir noch mehr?“

Tante Eileen nickte. „In der Speisekammer links. Da ist ein Stapel kleiner vorgefüllter Behälter. Nimm so viele, wie du brauchst.“

„Gefunden.“ Sean lächelte und klopfte seiner Frau sanft auf den Hintern, als er die Küche durchquerte.

„Hast du nach deinem Pferd gesehen?“ Eileen warf Morgan einen Blick über die Schulter zu.

Er nickte. „Sieht gut aus. Das Stolpern heute Morgen scheint keinen Schaden verursacht zu haben. Nichts ist geschwollen, aber ich werde später noch einmal nach ihr sehen, bevor ich nach Hause gehe. Nur um sicher zu gehen.“

„Gute Idee. Sicher ist sicher.“ Tante Eileen lehnte sich zu Finn und betrachtete den Inhalt des Topfes.

„Wie läuft das Projekt?“, fragte Finn Morgan, während er seiner Tante eine Gabel voll Kartoffelpüree zum Probieren gab.

„Gut.“ Morgan liebte, wie die Familie miteinander umging. Hin und wieder kam es natürlich auch hier zu Streitereien und Meinungsverschiedenheiten und ernste Blicke seiner Tante, wenn sie die Entscheidungen anderer eindeutig missbilligte. Aber beim Abendessen am Sonntag ging es hauptsächlich darum, einander nahe zu sein. Nicht jeder schaffte es jede Woche, aber die meisten konnten es immer einrichten. Einige mehr als andere. Und natürlich leistete jeder seinen Beitrag. Wenn einer seiner Brüder verheiratet wäre, würde es bei ihnen zuhause vielleicht genauso sein, aber er bezweifelte es. Er liebte seine Mutter, aber wenn es um die Küche ging, war sie schon immer eher eine Do-it-yourself-Mutter gewesen. Er stahl sich eine Kirschtomate aus dem Salat, den Becky gerade zubereitete. „Wir kommen schneller voran, als ich erwartet hatte."

„Schneller ist normalerweise eine gute Sache." Finn lächelte über das anerkennende Nicken seiner Tante und deckte den Topf zu. „Nicht wahr?"

„Ja. Wenn nichts anderes passiert, werde ich sogar mit Zinsen unter dem Budget bleiben. Jeder gesparte Cent hilft."

„Gott sei Dank sind die Zinsen nicht mehr so hoch, wie sie einmal waren." Ryan kam in die Küche und öffnete die Kühlschranktür. „Haben wir keinen Tee mehr?"

„Er steht schon auf dem Esstisch." Tante Eileen zeigte ins andere Zimmer.

Ryan hielt das leere Glas in der Hand, nickte und wirbelte herum. Aus dem Wohnzimmer ertönte plötzlich weiteres Plaudern.

„Und da sind sie." Tante Eileen wischte sich die Hände an einem in der Nähe hängenden Spüllappen ab und eilte hinaus, um ihren Gast zu begrüßen.

Sobald das Gerücht über die bevorstehenden Dreharbeiten der Pilotfolge in Tuckers Bluff die Runde gemacht hatte, hatte Morgan sehnsüchtig auf Valeries Ankunft gewartet. Da er oft mit Ohrschützern gearbeitet hatte, hatte er neulich ihren Anruf verpasst, und sie seitdem leider ebenfalls nicht erreicht. Er hatte die Neuigkeiten von seinem Bruder Neil erfahren müssen. Anders als seine Brüder hatte er sich jedoch aus ganz anderen Gründen bereit erklärt, an den Drehabreiten der Pilotfolge teilzunehmen. Nicht, dass er Quinns Argumentation nicht zustimmte. Die meisten seiner Brüder waren der Meinung, dass ein Erfolg der Show einen Boom für das Familienunternehmen in Oklahoma bedeuten würde. Absolut jeder würde die

Construction Cousins für sein Projekt anheuern wollen. Verdammt, sie hatten sogar einen Moment lang gescherzt, den Namen des Familienunternehmens in *Construction Cousins* zu ändern. Doch trotz alledem lag sein Interesse mehr bei diesem bestimmten blonden Stadtmädchen, das gerade durch die Haustür kam.

Im Gegensatz zu der modischen Frau, die er zum ersten Mal im Flur von Abbies Café gesehen hatte, stand ihm heute eine lässig gekleidete Blondine gegenüber. Ihr Haar wehte in einem Pferdeschwanz und ihre Ärmel waren hochgekrempelt, als wäre sie bereit, die Arbeit des Tages anzugehen. Lediglich ihre Stiefel hatten diesen Frisch-aus-dem-Laden-Glanz – aber nichts, was ein Tag im Dreck von West-Texas nicht in Ordnung bringen würde. Und natürlich ruhte ihre Lieblingssonnenbrille auf ihrem Kopf. Aber es war der Stetson, den sie immer noch in der Hand hielt, der ihn wirklich zum Lächeln brachte. Schon früh hatte er gelernt, dass die Hüte eher etwas für die Sonne als für die Mode waren. Aber wie eine echte Texanerin gekleidet, musste sie ein echter Hingucker gewesen sein, als sie im sonnigen Südkalifornien ihr Flugzeug bestiegen hatte. Nichts an der Art und Weise, wie sie sich bewegte, alle Erwachsenen begrüßte und mit den Kleinen scherzte, erinnerte an eine Person, die nicht in ihrem Element war und versuchte, sich anzupassen. Sein Stadtmädchen sah genau wie eine Frau vom Lande aus.

Hört, hört! *Sein* Stadtmädchen. Als ob ein paar Tanzabende und ein einzelner, die Zehen zum Kribbeln bringender Kuss ihm das Recht geben würden, sie *sein* zu nennen. Aber es ließ sich nicht leugnen, dass er so fühlte. Die Frage, die blieb, war, was zum Teufel er deswegen unternehmen würde.

Die Menschenmenge, die sich in der Eingangshalle versammelt hatte, zerstreute sich und ihr Kopf ging nach oben. Ihre Blicke trafen sich. Er würde alles geben, um zu erfahren, was hinter diesen großen blauen Augen vor sich ging. Ein ohnehin schon süßes Lächeln wurde breiter und durchdrang ihn mit einem Anflug von Neandertaler-Stolz. Seine Brust schwellte an und seine Schultern streckten sich, da er wusste, dass dieses breite Grinsen, das ihre Augen zum Funkeln brachte, für ihn bestimmt war. Nur ihn.

„Okay." Tante Eileen klatschte in die Hände. „Das Abendessen wird kalt."

Er musste ein paar Minuten lang herumschlurfen und vorsichtig vorgehen, um sicherzustellen, dass er neben Valerie sitzen konnte. Als nächstes wurden Schüsseln mit Essen herumgereicht, und der Lärm von Geplauder, der gelegentlich durch das vereinzelte Quietschen des einen oder anderen Kleinkindes verstärkt wurde, erfüllte den Raum.

„Hört sich an, als ob alle Pläne feststehen." Sean griff nach einer zweiten Portion Mais.

Valerie nickte. „Seit ich hier weg bin, arbeite ich daran, alles vorzubereiten."

„Warst du dir so sicher?", fragte Morgan.

Sie stach auf den letzten Bissen Rindfleisch auf ihrem Teller herum. „Ja. Ich wusste seit dem ersten Moment, als ich die Idee hatte, dass sie ein großer Erfolg werden würde. Vor allem, weil der Sender eine weitere Reality-Show von mir wollte. Es war eigentlich ein Volltreffer."

„Nun, zumindest sind wir froh, dich wieder bei uns zu haben."

„Zumindest?" Valerie sah zu Tante Eileen.

„Seit du gegangen bist, gibt es ein bisschen Gerede." Tante Eileen legte ihre Serviette auf den Tisch. „Du weißt schon, wie es bei Geschichten von Anglern über ihre Fische ist. Es scheint, das Gleiche passiert auch mit Geistergeschichten."

Val atmete kurz aus. „Ja, der Kameramann war so verängstigt, dass er sich weigerte, weiter an diesem Projekt zu arbeiten. Ich habe fast die gesamte Produktionsfirma verloren."

„Ich fürchte, die Schwestern haben wieder Angst." Sean stieß sich vom Tisch ab und nahm seinen leeren Teller mit. „Vielleicht solltest du zusätzliche Maßnahmen ergreifen, um sie zu beruhigen."

„Da der einzige Raum, in dem es Probleme gab, Teds Zimmer war, habe ich bereits beschlossen, dass ich in diesem Zimmer übernachten werde. Es ist mir egal, ob die Möbel schweben oder Lady Macbeth auftaucht und ihren Kessel rührt. Ich werde schweigen."

Der Großteil der Familie lachte über ihren Sarkasmus bezüglich Geistererscheinungen. Auch wenn Morgan nicht an Geister glaubte, wollte sein Bauch dennoch, dass er vor ihrer Tür Wache stand oder, noch besser, die ganze Nacht in ihrem Zimmer verweilte. Nicht die beste Idee, die er je hatte.

„Wer hat Lust auf Nachtisch?" Tante Eileen stand auf. „Es gibt Blaubeer-Sauerrahm- und Zimt-Apfel-Streuselkuchen."

Ein Chor von Stimmen rief nach dem einen oder anderen, während die Leute hin und her gingen, den Tisch abräumten und Sachen in die Küche trugen. Der perfekte Zeitpunkt für Morgan, ein paar Minuten zu fliehen und die Scheune zu überprüfen. „Wenn ihr mich kurz entschuldigen würdet, ich bin gleich wieder da."

„Siehst du noch einmal nach dem Pferd?", fragte Tante Eileen von der Tür aus.

Morgan nickte.

„Oh", Valerie stand auf, „darf ich mitkommen?"

Morgans Kopf schnellte herum. War das dieselbe Frau, die zitterte, als sie zum ersten Mal Cinnamon begegnet war?

„Gute Idee." Tante Eileen wartete nicht auf Morgans Antwort. „Du kannst sicherstellen, dass er den Nachtisch nicht verpasst, weil er mit seinem Pferd schmust."

„Wird gemacht", stimmte Valerie zu.

Genau wie an dem Abend, als sie zum Abendessen ins Pub gegangen waren, verlief auch der Weg zur Scheune in derselben angenehmen Stille.

Dieses Mal trat Valerie nicht zurück und beobachtete ihn, sondern ging zu der Box, aus der Cinnamons Kopf herausragte, und kratzte die Nase des Pferdes. „Du siehst aber süß aus?"

Morgan musste blinzeln. Eine lange Minute lang glaubte er, seine Augen würden ihn täuschen.

„Hast du Karotten mitgebracht?", fragte sie.

„Moment." Er verschwand kurz, um ein paar Leckerlis aus der Sattelkammer zu holen. „Die mag sie."

Bevor er ihr sagen konnte, wie sie die Stute füttern sollte, lag das Leckerli auf ihrer offenen Handfläche. Das Pferd schlabberte es auf und Val kicherte wegen des kitzelnden Gefühls.

„Es tut mir leid, aber hattest du nicht Angst vor Pferden? Nein, warte. Todesangst?"

Sie rollte lässig mit den Schultern. „Jeder hat Angst vor dem, was er nicht kennt."

„Und jetzt kennst du dich mit Pferden aus?"

„Texas ist eine andere Welt als Kalifornien. Wir denken, wir wissen, oder besser gesagt, erwarten fast, dass nur wenige Orte so sind wie Kalifornien, aber bis man hier Zeit verbringt, wird es einem nie ganz klar." Sie widmete sich wieder dem Streicheln von Cinnamons Nase. „Waffen, Kühe und Pferde gehören ebenso zu dieser Welt wie Klapperschlangen, heiße Sommer und freundliche Nachbarn.

„In Kalifornien kann ein Mädchen bezüglich Waffen nicht viel unternehmen. Ich hätte wahrscheinlich einen Rancher in Zentralkalifornien finden können, der mir etwas über Kühe beibringt, aber es erschien mir einfacher und praktischer, etwas über Pferde zu lernen. Überraschenderweise gibt es im Großraum LA viele Möglichkeiten zum Reiten. Wer hätte gedacht, dass es in LA jede Menge tolle Trails zum Ausreiten gibt? Ich bin durch die Foothills und am Strand entlang geritten. Vielleicht werde ich eines Tages West Texas zu meiner Liste hinzufügen." Ihr Blick blieb an ihm hängen. „Weißt du, und mich wie diese Pioniere von damals fühlen. Reiten ohne etwas auf meinem Weg außer dem im Wind wehenden Gras und dem Horizont."

Er konnte sich ein Grinsen über die Anspielung auf ihr Gespräch an jenem ersten Tag in Three Corners nicht verkneifen. Auch wenn sie es verdammt beiläufig klingen ließ, musste es sehr lange gedauert haben, bis sie die lähmende Angst verloren hatte, die sie vor nicht allzu langer Zeit an den Tag gelegt hatte. Und wofür? Um seine Welt besser zu verstehen. Was die Frage in ihm weckte, welche anderen Überraschungen seine neue Frau vom Lande noch für ihn bereithielt?

KAPITEL VIERZEHN

So weit, so gut. Sie hatten sich gestern Abend im Bordell niedergelassen, und Valerie wurde klar, dass sie die Schlafzimmerlotterie gewonnen hatte. Den wenigen Stücken nach zu urteilen, die den Schwestern zufolge ursprünglich aus diesem Raum stammten, und da sie nun wusste, dass es sich um das größte Zimmer im Haus handelte, vermutete sie, dass dies das berüchtigte Boudoir von Miss Sadie gewesen sein musste.

Dieses Wort brachte sie zum Lächeln. Den Schwestern war es hervorragend gelungen, das ursprüngliche Flair der damaligen Zeit trotz eines Hauches von modernem Komfort zu bewahren. Die Matratze war wahrscheinlich eine der besten, auf der sie je geschlafen hatte, selbst wenn man ihre eigene mitzählte. Sie hatte keine Ahnung, wovon Ted gesprochen hatte. So gut wie diese Nacht hatte sie schon lange nicht mehr geschlafen, und jedes einzelne Möbelstück stand heute Morgen genau an der gleichen Stelle wie am Abend zuvor. Mit Ausnahme des Geschirrs, und das zählte nicht zu den Möbeln.

„Es tut mir leid", der Kameramann vom Sizzle-Reel-Shooting, der sich nicht von imaginären Geistern hatte abschrecken lassen, kam auf sie zu. „Es tut mir leid, Val, aber ich kann bei einigen dieser Aufnahmen, die du möchtest, einfach nicht nah genug herankommen, ohne im Weg zu stehen."

„Das hatte ich befürchtet." Eines der Dinge, die ihr während der ersten Dreharbeiten aufgefallen waren, waren die Gesichtsausdrücke der Brüder während der Arbeit. Obwohl alle Brüder das gute Aussehen der Farradays teilten, sahen sie nur dann wirklich fast identisch aus, wenn sie bestimmte Gesichter schnitten. Und diese Gesichter standen im Zusammenhang mit gewissen Arbeiten. Sie hatte das Gefühl, dass es bei den Zuschauern sehr beliebt sein könnte, wenn die Kamera heran- und herauszoomt, wenn die Brüder genau dasselbe Gesicht machen. Diese Aufnahmen wollte sie unbedingt. „Hast du Vorschläge?"

„Ich denke, ja. Wie wäre es, wenn wir die Go Pro verwenden?"

Das könnte funktionieren. Die winzige Kamera, die hauptsächlich für Outdoor-Sportarten und Unterwasseraufnahmen verwendet wurde, hatten sie bereits früher bei Aufnahmen benutzt. „Woran würden wir sie befestigen? Einem Roboter?"

Der Kameramann schüttelte den Kopf. „Ich dachte nicht, dass wir einen brauchen würden, also habe ich keinen mitgebracht."

„Also doch keine Option?" Was sie dazu bewegte, sich zu fragen, warum er es überhaupt zur Sprache gebracht hatte.

„Eigentlich." Er deutete mit dem Finger über die Schulter auf einen ziemlich bezaubernd hässlichen Hund, der an den Essenstischen herumschnüffelte. „Wir könnten sie ihr um den Kopf schnallen. Beim Schneiden können wir vermutlich die wenigen Sekunden bekommen, die wir brauchen."

Val ging in die Hocke, und die Hündin watschelte herbei. „Französische Bulldogge, oder?"

„Auch meine Vermutung."

„Ist sie gut trainiert?"

„Nicht besonders, aber ich wette, wenn wir einfach

eine Spur von Hot Dogs auslegen oder die Gesichter der Jungs mit Hot Dog-Saft betupfen, wird unsere umherziehende Kamerafrau die Aufnahmen machen.“

„Klingt nach einem Plan.“ Sie kraulte die Hündin kurz hinter den Ohren und stand auf. „Wir werden es versuchen.“

Laut ihrer Uhr und ihrem knurrenden Magen war es an der Zeit für eine Mittagspause. Sie war sehr zufrieden mit dem Verlauf des Morgens. Die Dinge hätten nicht besser sein können, wenn die gesamte Show nach Drehbuch geplant gewesen wäre. Nun ja, abgesehen von dem Vorfall als einer der Produktionsmitarbeiter die Toilettenspülung betätigte, ohne sein Mikrofon auszuschalten. Aber das war nicht das erste und würde auch nicht das letzte Mal sein, dass das passierte.

Sie stellte sich etwas abseits hin und beobachtete, wie die Kameraleute die Hündin anlockten. Was für eine seltsame Rasse für so einen Mann. Sie hätte vermutet, dass er etwas Größeres besitzen würde. Etwa einen Golden Retriever oder einen Labrador. Vielleicht sogar eine Promenadenmischung, aber nichts so Braves und Beliebtes wie eine französische Bulldogge. Nichtsdestotrotz, der Einsatz verlief reibungslos. Der Hund folgte der Spur direkt bis zu Neils Gesicht und wenige Augenblicke später erneut bis zu dem von Ryan. Ja. Die Produktionsgötter waren ihr hold.

„Es bildet sich eine Futter-Schlange.“ Morgan stellte sich neben sie. „Willst du einen Happen essen?“

„Einen Happen? Ich dachte an eine ganze Rinderhälfte.“

„Wir *sind* auf Viehland.“

„Oh“, sie zuckte zusammen, „ich wünschte, du hättest das nicht ganz so gesagt.“ Mir gefällt der Gedanke, dass meine Steaks aus kleinen Zellophanpäckchen im Supermarkt stammen und keinerlei

Verbindung zur Nahrungskette haben.“

Morgan warf den Kopf zurück und lachte bellend. Er hatte wirklich ein schönes Lachen. Aber auch ein schönes Lächeln. Wen wollte sie veräppeln? An dem Mann war alles schön.

Jeder, der die Menge an Essen auf ihrem Teller sah, würde denken, sie wäre gerade von einer einsamen Insel gerettet worden.

„Hungrig?“ Der Kameramann von geradeeben, Jim, kicherte und biss in das größte Sparerib, das sie je gesehen hatte.

Sie setzte sich ihm gegenüber auf die Bank am Picknicktisch und verdrehte die Augen. „Nur ein wenig.“

„Hey, ein gesunder Appetit ist gut für die Geisterjagd.“ Anscheinend dachte Jim, er hätte Sinn für Humor. „Apropos, wie hast du letzte Nacht geschlafen?“

„Wie ein Baby.“

„Ist das gut oder schlecht?“

„Eigentlich großartig.“

„Also ist in der Nacht nichts passiert?“

„Nicht einmal ein Rumpeln.“

Morgan setzte sich neben sie. „Alles in Ordnung im Spukzimmer?“

„Schh.“ Sie blickte über ihre Schulter. „Mach darüber keine Scherze, sonst nimmt die halbe Crew und die Essenskompanie Reißaus.“

„Ne.“ Jim zuckte mit den Schultern. „Die meisten von uns sind aus stärkerem Material gestrickt.“

„Wenigstens gab es keine ungeklärten Vorkommnisse.“ Morgan strich Butter auf sein Brötchen.

„Nichts Vergleichbares zu dem, was Ted passiert ist, aber ich hatte Besuch.“

Morgans Augen kreisten. „Wen?“

„Kein wer. Eher ein Was.“

„Was?", wiederholten Morgan und Jim.

„Gestern Abend habe ich ein paar Cracker mit ins Bett genommen, um etwas zum Knabbern zu haben, während ich mir die Pläne für heute Morgen angesehen habe."

„Okay." Morgan legte seine Gabel beiseite. „Und?"

„Als ich heute Morgen aufgewacht bin, lag die Verpackung auf dem Boden und die meisten Cracker waren weg. Der Rest war Krümel."

„Mäuse?", fragte Morgan.

„Ich hoffe nur, dass es keine Ratten sind. Mäuse sind schon schlimm genug." Sie breitete ihre Papierserviette auf ihrem Schoß aus. „Ich wette, dass die Maus oder die Mäuse den Wecker ausgelöst haben, der Ted erschreckt hat."

„Was ist mit den Möbeln?" Jim blickte auf. „Das muss eine gewaltige Maus gewesen sein."

Morgan versuchte, nicht zu lachen. „Das ist ein Argument. Ich wette immer noch darauf, dass Ted heimlich trinkt."

„Nein." Jim schüttelte den Kopf. „Ich gehe von einem Schlafwandler mit verrückten Träumen aus."

„Was auch immer. Zumindest ist dieses Problem gelöst. Da fällt mir ein", Valerie griff nach einer Pommes, „ich weiß es wirklich zu schätzen, dass wir deine Hündin zur Lösung des Kameraproblems einsetzen dürfen."

„Meinen Hund?"

Valerie nickte.

„Das ist nicht meiner." Jim schüttelte den Kopf. „Ich dachte, sie gehört dir, bis du mich gefragt hast, ob sie ausgebildet ist."

„Nun, sie muss jemandem gehören." Schließlich tauchen Hunde nicht einfach so aus dem Nichts auf.

Es war eine Sache, sich daran zu gewöhnen, dass die Kamera jede seiner Bewegungen verfolgte, aber es war eine ganz andere, ständig den großohrigen Köter im Gesicht zu haben. „Haben wir herausgefunden, wer ihr Besitzer ist?"

„Sein." Einer der Kameraleute, dessen Namen Morgan noch nicht kannte, korrigierte ihn.

„Sein?" Morgan hätte schwören können, dass Jim und Valerie gesagt hatten, der Hund von heute Morgen wäre ein Weibchen gewesen. „Okay, egal, gibt es eine Chance, dass wir die Hot-Dog-Szenen für eine Weile auslassen? Ich werde eine Menge Holz verschwenden, wenn *er* weiterhin versucht, mein Gesicht abzulecken."

„Sicher." Der Kameramann zuckte mit den Schultern.

„Großartig. Ich werde mich kurz waschen und bin gleich wieder da. In der Zwischenzeit könnte bitte jemand herausfinden, wer sein Besitzer ist."

Hot Dogs frisch vom Grill mit etwas Relish und Senf auf einem warmen Brötchen waren ein leckerer Happen, aber wenn man sie einem ins Gesicht rieb, waren sie ekelhaft. Dafür hatte er sich definitiv nicht gemeldet.

„Meine Güte, siehst du heute gut aus?" Die große rothaarige Schwester lächelte ihn stolz an, als wäre er ihr eigener Sohn.

„Ja, das tut er, nicht wahr?" Die kleinere Schwester mit der großen blonden Frisur, die schon lange vor seiner Geburt aus der Mode gekommen war, strahlte ihn an. Offensichtlich mussten ihre Nasen nicht funktionieren. „Ich kann dir gar nicht sagen, wie froh wir sind, dass Valerie letzte Nacht keine Probleme hatte. Wir machten uns schreckliche Sorgen um sie."

„Das ist richtig." Der Rotschopf nickte. „Ich habe kaum ein Auge zugemacht."

Von jeder anderen Person hätte er gedacht, dass es sich dabei um nichts weiter als leere Worte handelte, aber dem besorgten Gesichtsausdruck der Schwestern nach zu urteilen, war sich Morgan ziemlich sicher, dass sie jedes Wort ernst gemeint hatten. „Jetzt könnt ihr heute Nacht beruhigt schlafen."

„Ja, ja, das können wir." Die Blondine nickte.

„Apropos Valerie, weiß einer von euch, wo sie ist?" Er brauchte einen kleinen Stimmungsaufheller, und dieses hübsche Lächeln wäre genau das Richtige.

„Sie ist auf ihr Zimmer gegangen. Sagte, sie hätte ein paar Notizen vergessen." Die Blondine zeigte die Treppe hinauf.

„Verstanden. Danke, Ladies." Er würde sich den Geruch der Hot Dogs abwaschen und dann etwas herumlungern, bis Valerie zurückkam.

Die Notizen mussten hier sein. Valerie durchquerte den Raum zu dem Stapel Quittungen und den verschiedenen Toilettenartikeln auf der Kommode, aber weit und breit keine Notizen für den Dreh. Sie warf einen Blick auf den Boden und den Nachttisch, aber immer noch nichts. Außer … sie ging auf alle Viere, da ihr der Gedanke kam, dass sie vielleicht vom Tisch gefallen und unter das Bett gerutscht waren. Sie hoffte nur, dass Mr. oder Mrs. Maus nicht gerade zu Besuch unter ihrem Bett waren.

Sie beugte sich ein wenig vor und zur Seite, und der Anblick zweier runder grüner Kugeln ließ sie auf ihren Hintern zurückfallen. Sie rutschte schnell zur Seite und riss sich zusammen. Nicht einmal Ratten hatten so große Augen. Schon gar keine grünen. Sie ließ sich langsam auf den Boden hinuntergleiten und schaffte es, einen besseren Blick zu ergattern. „Oh, um Gottes Willen." Sie rutschte etwas tiefer. „Hier Kitty, Kitty. Komm her." Sie klopfte mit den Fingern auf den Boden und als die Katze sich nicht rührte, versuchte sie es mit lauterem Trommeln. Als Val sich unverrichteter Dinge wieder aufsetzte, fragte sie sich, was zum Teufel die Katze vorhatte.

„Möchtest du einen Cracker?" Val hatte noch eine ganze Schachtel. Sie schnappte sich schnell einen daraus und schob ihn unter das Bett. Wenn sie im Laufe der Jahre etwas über Katzen gelernt hatte, dann, dass die Geste des Tieres ein eindeutiges Naserümpfen war. „Ich denke nicht."

Zwei Sekunden später beendete die Katze ihr Starrspiel, huschte flach auf dem Boden von einem Ende des Bettes zum anderen und kratzte dramatisch, fast verzweifelt, an einem Riss in der Fußleiste. „Willst du mir sagen, dass unser Freund Mr. Maus dort verschwunden ist?" Nun, sie hatte nicht vor, die Katze oder die Maus unter das Bett zu verfolgen. Mit einem kräftigen Stoß schaffte sie es, das Bett zur Seite zu schieben, um einen besseren Blick auf den Riss in der Fußleiste zu haben. Allerdings war dieser zu gerade für einen Spalt. Sie erhob sich und fuhr mit dem Finger etwas entlang, das, wie sie jetzt erkannte, eine Fuge war, die die Wand nach oben führte.

Das war lächerlich. Jetzt standen sowohl sie als auch die Katze auf den Hinterbeinen und tasteten die Wand ab. Auf der Suche nach was? Einer Maus? „Das ist dumm." Sie schaute nach unten, um es der Katze zu sagen, wobei sie sich etwas fester gegen die Vertäfelung lehnte. Nur einen Augenblick später fiel sie mit dem Gesicht nach vorne auf alle Viere in ein dunkles Loch. „Was zum Teufel?"

Entweder saß sie in dem seltsamsten Wandschrank, den sie je gesehen hatte, oder sie konnte einfach nicht erkennen, wie weit das schwarze Loch, vor dem sie saß, noch ging. Sie erhob sich auf alle Viere, kroch zurück auf den Schlafzimmerteppich und überprüfte die Nachttischschublade. Sie hatte eine vage Erinnerung daran, dort eine Taschenlampe gesehen zu haben. Etwas unsicher auf den Beinen griff sie hinein und hatte Sekunden später tatsächlich eine LED-Taschenlampe in der Hand. Dem Himmel sei Dank für die moderne Technologie.

„Okay." Val drückte den Knopf und erhellte den langen, schmalen Korridor auf der anderen Seite der versteckten Tür. „Bereit für ein Abenteuer, Kitty?"

Zur Decke gerichtet, bahnte sich das Licht seinen Weg durch das dunkle Loch und beleuchtete den gesamten Tunnel. Eine drohende Angst oder vielleicht auch Panik schnürte ihr die Kehle zu, als sie sich zwang, einen Fuß vor den anderen zu setzen. War das nicht der Stoff, aus dem Horrorfilme gemacht waren? Dumme Blondinen gingen in die Dunkelheit, anstatt zu dem großen, starken Helden vor der Tür zu rennen. Nun, selbst wenn dem so wäre, war es jetzt zu spät. Sie hatte sich bereits vorgenommen, langsam und vorsichtig den abfallenden Tunnel entlangzuwandern.

Eine gefühlte Meile später – wahrscheinlich nur wegen der kleinen Schritte, die sie aus Angst zu fallen, sich das Genick zu brechen und nie wieder gefunden zu werden, gemacht hatte – erreichte sie eine Wand. Eine Sackgasse. Aber irgendwo musste es einen Hebel geben. Irgendwo.

Sie tastete blind an den Seiten entlang, wie sie es auch in ihrem Zimmer getan hatte, und spürte, wie etwas unter ihrem Fuß klickte. Wie bei Ali Babas Höhle schwang die Tür auf. Wo zum Teufel war sie? Als sie einen Schritt hineintrat, schwenkte sie das Licht nach vorne, und die Strahlen prallten von Kirchenbänken ab. Die Kirche. Sie war in der Kirche. Was für ein seltsamer Verbindungstunnel? Vom Schlafzimmer der Puffmutter zum Gotteshaus. Morgan hatte keine Witze gemacht, dieser Teil des Landes tat wirklich alles, um zu unterhalten –

Eine kalte Hand legte sich um ihren Mund, raubte ihr Worte und Gedanken und ließ ihren Herzschlag so schnell rasen wie ein Vollblut beim Kentucky Derby.

„Keine Bewegung", knurrte die tiefe, raue Stimme.

Verdammt, scheinbar war sie doch eine dieser dummen blonden Heldinnen, die am Ende nicht mit dem Leben davonkamen.

KAPITEL FÜNFZEHN

„Klopf, klopf", rief Morgan, während er leicht an Valeries Tür klopfte. Er legte sein Ohr an die massive Holzoberfläche und rief etwas lauter ihren Namen. Nach einem weiteren Klopfen drehte er langsam den Knauf und betete, dass sie wegen dieser Verletzung ihrer Privatsphäre nicht wütend werden würde. Der Raum war leer. Keine Spur von ihr. Hatte er sie verpasst? Er hatte die Badezimmertür nicht geschlossen, als er sich die Hände gewaschen hatte, und er hatte den Spiegel im Auge behalten, für den Fall, dass sie an ihm vorbeiging. Vielleicht, als er sich umgedreht hatte, um sich die Hände abzutrocknen?

Ein paar weitere Minuten ohne ihr Lächeln würden ihn nicht umbringen. Diesmal trabte er zurück zur Baustelle und suchte die Umgebung nach Anzeichen von Valerie ab. Nichts. Die Haare in seinem Nacken begannen zu kribbeln. Hier am glücklichsten Ort im Westen von Texas könnte nichts Schreckliches passieren. In Farraday-Country war noch nie etwas wirklich Schlimmes passiert.

„Arbeitest du weiter oder planst du, den Rest des Tages Sonnenstrahlen zu tanken?", schrie Neil ihn, ohne irgendein Anzeichen von Humor in seiner Stimme, an.

„Habt ihr Valerie gesehen?"

Beide Brüder schüttelten den Kopf.

„Ich bin mir sicher, dass sie jeden Moment zurück

sein wird“, warf Jim ein.

Der kleine Hund war wieder einmal unter seinen Füßen. „Ich dachte, jemand wollte seinen Besitzer finden.“

„Ihren.“ Jim stellte die Kamera ab und nahm die Hündin auf die Arme. „Ich habe alle hier gefragt. Niemand hat einen Hund mitgebracht.“

Morgan war vielleicht kein Tierexperte, aber er kannte den Unterschied zwischen einem Rüden und einer Hündin. „Etwas stimmt hier nicht. Der Hund, der vor Kurzem die ganze Zeit bei mir war, war zweifellos ein Rüde.“

Jim zog die Brauen hoch und drehte den Hund in seinen Armen mit dem Bauch nach oben, wobei er angesichts der eindeutig weiblichen Anatomie den Kopf schüttelte.

Morgan wollte nicht widersprechen, legte die Finger zwischen die Lippen und blies laut und kräftig. Unter der Tischdecke eines Essenstisches kam ein weiterer, identischer, großohriger Hund hervor und tänzelte auf ihn zu.

„Es gibt zwei davon“, erkannte Jim überrascht.

Neil ging hinüber. „Sie sehen nicht so aus, als hätten sie gehungert.“

„Sie sind furchtbar weit draußen für ein paar so schicke Hunde. Noch dazu ohne ihren Besitzer.“ Ryan blickte die Straße auf und ab. „Hmm.“

„Was meinst du mit *hmm*?“ Morgan blickte die Straße hinauf. Mit erhobenen Ohren und durchdringendem Blick saß ein Hund, der Gray stark ähnelte, auf dem Kirchenhof und starrte ihn an. „Das gefällt mir nicht.“

„Ich frage mich, was er so weit weg von zu Hause macht?“ Neil trat einen Schritt weiter in die Straße. „Glaubst du, dass er auf der Ladefläche eines Trucks mitgefahren ist?“

Morgan hatte keine Zeit alles zu verarbeiten oder zu reagieren, als der andere Farraday-Hund hinter dem Lattenzaun hervortrat, die Schnauze hob und ein scharfes Bellen, gefolgt von einem kurzen Heulen, ausstieß.

Die beiden französischen Bulldoggen liefen davon, als hätte der Hund sie beim Namen gerufen.

„Das gefällt mir wirklich nicht.“

Ryan nickte. „Etwas fühlt sich seltsam an.“

„Und ich kann Valerie nicht finden.“ Morgan machte sich nicht die Mühe, auf jemand anderen zu warten und rannte die Straße entlang hinter den Hunden her. Erst als er den Rand des Kirchenhofs erreichte, merkte er, dass seine Brüder ihm auf den Fersen waren. Alle vier Hunde waren zwischen der Kirche und dem Hotel hindurch zur Rückseite der Kirche gerannt. Er hob seine Hand und ermutigte sie, langsamer zu werden, während er vorsichtig den Schritten der Hunde folgte und versuchte, aus dem Durcheinander schlau zu werden.

Sein Instinkt sagte ihm, er sollte sich langsam bewegen und an der Wand bleiben. Kurz darauf konnte er die Stimme eines schreienden Mannes hören.

„Warum zum Teufel hast du dir das Mädchen geschnappt?“

Das Mädchen. Verdammter … Morgan biss sich fest auf die Backenzähne.

„Sie hat uns gesehen.“

„Du dummer Idiot. Alles, was sie sehen konnte, war eine leere Kirche. Wenn du deine verdammten Hände bei dir behalten hättest, wäre sie aus einer leeren Kirche verschwunden! Jetzt müssen wir sie loswerden. Sie ist eine Zeugin.“

Morgans Herz schlug ihm bis zum Hals. Zeugin wofür?

„Und was zum Teufel machen die Hunde draußen?“

„Sie sahen im Zwinger so einsam aus.“

„Einsam?“, brüllte die erste Stimme. „Das sind verdammte Hunde. Wenn ihnen etwas passiert, gehen uns für jeden zehntausend Dollar flöten.

Morgan war mittlerweile nahe genug herangekommen, um zu sehen, was vor sich ging. Ein großer, kräftiger Kerl hielt Valerie fest im Schwitzkasten und bedeckte mit seiner Hand ihren Mund. Mit einer kräftigen Drehung könnte er ihr spielend das Genick brechen.

„Geh und bring sie ins Auto. Fessle sie zuerst und achte darauf, dass sie keinen Piepser von sich gibt. Es tummeln sich hier genügend Fernsehleute, die uns ernsthafte Probleme bereiten könnten. Dann bring sie und diese Hunde weg.“

Im Moment würde er alles dafür geben, wenn sein Cousin D.J. zur Rettung käme. Morgan hatte außer dem Überraschungsmoment nichts, was er als Waffe verwenden konnte. Von seinem Standpunkt aus sah es nicht so aus, als ob einer der Schläger eine Waffe hätte, aber es könnte tödlich sein, sie zu unterschätzen.

Der bullige Kerl trat ein paar Schritte zurück, und Valeries Beine zuckten, während sie versuchte, mit ihm mitzuhalten.

Wenn Morgan den Widerling in die Finger bekam, würde er ihm das Genick brechen. Aber im Moment brauchte er Unterstützung. Er holte sein Handy heraus und schickte seinen Brüdern eine Nachricht, in der Hoffnung, dass ihre Telefone wegen der Dreharbeiten immer noch stummgeschaltet waren.

BRAUCHE EINE ABLEHNKUNG AUS RICHTUNG
HOTEL
UND EINE SÜDLICH DER KIRCHE
TEILT EUCH AUF
ICH SCHNAPPE MIR DEN BULLIGEN

Auf seinem Handy tauchten zwei Daumen-hoch-Emojis auf, gefolgt von

AUF ZEHN. LOS.

Sein Verstand zählte in Gedanken: *eins, zwei, bitte Gott, fünf, sechs, lass das klappen, neun ...* Von links ertönte ein Knall und von rechts ein Klirren.

Der dürre Idiot drehte sich um und stürmte nach Süden, während der große Kerl verwirrt stehenblieb.

Mit ausgestreckten Armen, einem Schraubenzieher als Waffe in der Hand und betend, dass das Sonnenlicht den Stahl genau richtig treffen würde, stürmte Morgan los und schrie so laut er konnte. „Ducken!"

Gesegnet sei Valerie. Sie trat ihrem Entführer hart auf den Fuß, rammte ihm den Ellenbogen in den Bauch und rollte sich weg, als Mr. Bullig überrascht losließ, um sich auf Morgans Angriff vorzubereiten, während Ryan von der Seite mit einem Kantholz auf ihn zukam. Er konnte dem Herrn nur danken, dass Valerie frei war.

Valerie brauchte mehrere Minuten, um wieder zu Atem zu kommen. Mehr als einmal hatte ihr der Trottel, der sie gepackt hatte, fast die Luft geraubt. Sie hob den Kopf und konnte das Geschehen vor sich sehen. Morgan hatte den Idioten zu Boden gestoßen und schlug mit beiden Fäusten auf ihn ein. Entweder hatte der Penner einen Glaskiefer, oder Morgan war wahnsinnig sauer.

„Das ist genug." Ryan ließ das Stück Holz auf den Boden fallen und riss seinen Bruder von dem Kerl weg, der sie fast erwürgt hatte.

Morgans Brust bebte vor Wut und Adrenalin, als er

sich wieder erhob und zu Valerie eilte. „Geht es dir gut? Hat er dir etwas getan?"

Ihr Kopf wanderte von einer Seite zur anderen. „Er hat mir vor allem Angst gemacht." Morgans Gesichtsausdruck nach zu urteilen, war es nicht nötig, ihnen zu sagen, dass es einen oder zwei Momente gegeben hatte, in denen sie gedacht hatte, sie würde ihn nie wieder sehen.

Die Angst, die Qual, das Adrenalin schossen wie ein sich entleerender Ballon aus ihr heraus, als Morgan sie in seine Arme schloss. Sie hasste es, wie ein kleines Mädchen zu reagieren, aber die Tränen flossen trotzdem. „Es tut mir leid."

Sein Griff um sie wurde ganz sanft fester. „Sei nicht so. Du warst großartig."

Das brachte sie zum Lachen. „Da bin ich mir nicht sicher."

„Willst du mich verarschen? Du hättest seinen Gesichtsausdruck sehen sollen, als du auf ihm herumgetrampelt und ihn dann geschlagen hast. „Das hat er nicht kommen sehen."

„Aber alleine wäre ich nie weit genug weggekommen, und bei all dem Sägen und Hämmern hätte mich vermutlich niemand schreien gehört."

Mittlerweile waren einige der Kameraleute eingetroffen. Neil und Jim fesselten den dürren Kerl und Ryan stand über Mr. Bullig wie ein Rodeo-Reiter über einem verschnürten Ochsen. Abgesehen davon, dass beim Rodeo niemand mit einem bedrohlichen Kantholz hantierte. „Sieht so aus, als hätten sie das unter Kontrolle."

Valerie nickte, rührte sich aber nicht.

„Oh mein Gott." Sister kam angerannt. „Oh mein Gott, oh mein Gott."

Ein paar Meter hinter ihr schüttelte Sissy immer wieder den Kopf. „Das ist Mabel Berkners Neffe."

„Stimmt“, bestätigte Sister.

„Sind er und seine Mutter Lily nicht weit weggezogen?“

„Sieht nicht so aus, oder?“ Sister schüttelte den Kopf.

Valerie vermutete, dass die beiden Schwestern recht hatten. Bei weitem nicht weit genug weg.

Im Hintergrund heulten Sirenen.

Neil trat an Morgans Seite. „Wir haben D.J. eine SMS geschrieben, als uns klar wurde, dass wir möglicherweise nicht in unserem Element sind. Das sollten er und Reed sein.“

„Danke.“ Morgan nickte seinem Bruder zu, ließ Valerie aber nicht los, was für sie in Ordnung war. Doch leider könnte sie nicht den Rest des Tages hier an seiner Brust verweilen.

Sie blieb in Morgans Armen eingeschlossen, bis D.J. hinter der Kirche anhielt.

„Nun, schau mal an, wen wir hier haben.“ D.J. schüttelte den Kopf über Mr. Bullig. „Du hast deine Lektion wirklich nicht gelernt, oder? Ich dachte, zwei Jahre hinter Gittern hätten dich gelehrt, auf der rechten Seite des Gesetzes zu bleiben. Willst du mir sagen, was hier los ist?“

Der Neffe schüttelte den Kopf.

„Du schweigst“, rief der dürre Kerl. „Ein guter Anwalt wird uns in ein paar Stunden raushaben.“

„Hat dir dein Kumpel nicht dasselbe über Alkoholschmuggel erzählt?“ D.J. sprach langsam und gleichmäßig, als würde Mr. Bullig ihn ansonsten vielleicht nicht verstehen.

„Halt bloß die Klappe“, schrie der andere erneut, als Reed ihm Handschellen anlegte, ihm seine Rechte vorlas und ihn in den Streifenwagen schob.

„Wir treffen uns auf dem Revier wieder“, rief D.J. Reed zu. Sein Stellvertreter nickte, und D.J. wartete, bis sich der Staub gelegt hatte, bevor er sich wieder Mr. Bullig zuwandte. „Okay. Willst du mir jetzt sagen, was los ist, oder willst du es dem Richter erzählen?"

„Wir würden reicher als mit Schwarzbrennerei werden", murmelte Bullig.

„Weiter", drängte D.J..

Valerie trat näher heran. Sie wollte kein Wort verpassen.

„Alles begann mit einem seltenen Papagei aus Mexiko. Dann transportierte ich weitere wilde Tiere in meinem Auto. Er meinte, niemand würde uns erwischen." Bullig grinste. „Ich wurde auch besser bezahlt als für den Alkohol. Aber dann fingen diese dummen Pfauen an, nachts ständig zu schreien. Ich kann mich nicht vor dem Gesetz verstecken, wenn diese dummen Vögel nicht den Mund halten."

Die Geistergeschichten der Schwestern begannen, einen Sinn zu ergeben. Kreischende Pfauen klangen wirklich wie Frauen, die *Hilf mir* riefen.

„Ich höre immer noch zu", sagte D.J..

„Es stellt sich heraus, dass die Leute viel Geld für diese hässlichen Bulldoggen bezahlen."

D.J. folgte Morgans Finger zu der Stelle, an der ein paar der Crewmitglieder sich um die umherwandernden französischen Bulldoggen kümmerten.

„Du hast also Hunde gestohlen und sie geschmuggelt, so wie du damals schwarzgebrannten Alkohol geschmuggelt hast." Das war keine Frage.

Bullig nickte.

„Und dieser Ort?"

Der Neffe zuckte mit den Schultern. „Günstige Miete und keine neugierigen Nachbarn."

„Welche Miete?", biss Sissy heraus, bevor sie murmelte, dass sie Mabel eine Rechnung schicken sollte.

„Noch eine Frage." Morgan blickte Mr. Bullig an.

„Warum hast du die Möbel verschoben?"

„Ich wollte nicht, dass hier Filme gedreht werden. Leute herumlungern." Er spuckte auf den Boden. „Seht ihr, was passiert ist." Er deutete mit dem Kinn auf Valerie. „Ich lag richtig. Sie haben alles vermasselt."

D.J. drehte sich zu den Leuten um, die herumstanden. „Ich muss von allen Aussagen aufnehmen. Wenn ihr eine Minute Zeit habt, kommt bitte aufs Revier."

Köpfe bewegten sich, und Valerie löste sich aus Morgans Schutz und ging auf die Schwestern zu. „Wusstet ihr, dass es einen Tunnel von meinem Schlafzimmer zur Kirche gibt?"

Anhand der runden Augen beider Frauen war sie sich ziemlich sicher, dass die Antwort *Nein* lautete. Vermutlich würde sie nicht herausfinden, was es mit der Geschichte hinter dem Geheimgang zwischen Sadies Zimmer und der Kirche auf sich hatte. Andererseits sollten vielleicht nicht alle Fragen beantwortet werden.

KAPITEL SECHZEHN

Die Getränke hoch erhoben, rief die Menge, die sich im O'Fearadaigh's versammelt hatte, um den Abschluss der Dreharbeiten der Pilotfolge zu feiern, im Chor: „Sláinte."

„Gut gemacht." Tante Eileen tätschelte Morgans Arm, und er legte seine Hand auf ihre.

„Das ist ein gutes Team." Sean Farraday hob erneut sein Glas.

„Wann werden wir erfahren, ob sie die Serie weiterproduzieren?", fragte Finn.

„Das kann Monate dauern." Val verdrehte die Augen gen Himmel. „Allein die Bearbeitung wird etwa sechs Wochen dauern. Es gibt eine lange Liste von Schritten, angefangen mit dem Erwerb der Rechte an Musik, Soundeffekten oder Archivmaterial und anderen Dingen bis hin zum Roh- und Feinschnitt. Dann geht es zu Farbe und Mischung, um sicherzustellen, dass alles ästhetisch ansprechend ist und den gesetzlichen Rundfunkstandards entspricht. Und so weiter, und so weiter."

„Mit anderen Worten, sitzen wir jetzt rum und warten", sagte Neil.

Valerie nickte. „Das trifft es in etwa."

„Also", Jim blickte zu den Jungs, „was macht ihr bis dahin?"

Ryan lachte. „Hängt davon ab, wen du fragst. Wenn du unsere Mutter fragst, ist die Liste der in

Oklahoma zu erledigenden Arbeiten genauso lang wie die von Valerie. Andererseits, wenn du Tante Eileen fragst, gibt es hier in Tuckers Bluff eine ebenso lange Liste abzuarbeiten."

„Ich werde noch eine Weile hierbleiben." Unter dem Tisch drückte Morgan Valeries Hand. „Oder vielleicht ist es an der Zeit, dass ich Urlaub mache."

„Ich werde es meinem großen Bruder gleichtun. An manchen Tagen läuft das Geschäft fast wie von selbst. Es wird nicht auffallen, wenn wir beiden fehlen." Neil nahm einen Schluck von seinem Bier. „Oklahoma ist bei weitem nicht so aufregend wie Tuckers Bluff."

Seine Tante gab ihm sanft einen Klaps auf den Arm. „Jetzt mach dich doch nicht über uns lustig. Ein bisschen Abwechslung im Leben tut gut."

Neil hob seine Hände. „Hey, ich bin auf deiner Seite. Mir gefällt die Abwechslung hier. Zumindest hält sie uns auf Trab."

„Du suchst nur nach einer weiteren Chance, etwas anderes als ein Kalb zu fesseln." Ryan schüttelte den Kopf.

„Man weiß nie." Neil zog eine einzelne Schulter hoch.

„Guter Junge", Hannah erhob ihr Bier auf ihren Cousin aus Oklahoma. „Bleib hier, und wir zeigen dir, wie man Spaß hat!"

Dale drückte die Hand seiner Frau und murmelte lächelnd: „Meine Frau kennt sich aus."

Morgan drehte den Pappuntersetzer des O'Fearadaigh's in seiner Hand um. „Sag mir, Jamie, was habt ihr bezüglich dieses gehobenen Restaurants entschieden?"

Jamie warf einen kurzen Blick auf seine Frau, die zu ihrer Tante hinüberblickte, die – ohne Überraschung – ihren Blick weiterhin auf ihren Weißwein richtete. „Ich glaube nicht, dass die Stadt für gehobene

Gastronomie bereit ist."

„Aber", Tante Eileen blickte Valerie an, „es ist schön zu wissen, dass es möglich ist."

Lächelnd schien Valerie Tante Eileens Nachricht zu verstehen. Aber Morgan war sich nicht sicher, ob all diese Arbeit notwendig gewesen war. Von Tag zu Tag fügte sich Val mehr und mehr in das einfache Landleben ein. Allerdings hatte sie ihn etwas aus der Fassung gebracht, als sie ein brandneues Paar Cowboystiefel vorführte, das sie online bestellt hatte – in Pink.

Onkel Sean trank den letzten Schluck seines Stouts aus und stieß sich vom Tisch ab. „Es war ein langer Tag und die Heimfahrt dauert einige Zeit. Wenn ihr uns also entschuldigen würdet." Er reichte Tante Eileen die Hand und die beiden verabschiedeten sich kurz von allen und gingen dann Hand in Hand zur Tür hinaus.

„Ich frage mich immer noch, warum die beiden so lange gebraucht haben, um herauszufinden, dass sie zusammengehören", sinnierte Abbie.

Mehrere Stimmen am Tisch sangen im Chor: „Amen".

Abbie schob ihren Stuhl zurück und stand auf. „Ich sollte langsam meinen Sohn holen. Es ist fast Badezeit und das ist seine Lieblingsbeschäftigung des Tages." Sie gab ihrem Mann einen kurzen Kuss und eilte zur Tür hinaus.

Eine Familie nach der anderen zerstreute sich und machte sich auf den Weg zu ihren Häusern.

„Es sieht also so aus, als wären nur wir drei Farraday-Cousins übrig." Ryan richtete sein Glas auf Valerie und lächelte. „Mit Begleitung."

Neil nickte. „Die nächste Runde geht auf mich."

„Tut mir leid, Leute. Es war eine lange Woche und ich bin bereit für eine Mütze Schlaf", sagte Valerie.

Morgan hielt immer noch ihre Hand und stand auf.

„Ich begleite dich nach Hause.“

„Das wäre schön.“

Absichtlich sah Morgan keinen seiner Brüder an. Er wusste, dass er gnadenlos gehänselt werden würde, sobald sie alle zur Farraday-Ranch zurückkehrten, aber das war ihm egal. Vor dem Pub zog er sie im Gehen etwas näher an sich heran.

„Du bleibst also noch eine Weile hier?“, fragte sie.

Morgan nickte. Er hatte ihr schon immer von seinem nächsten Projekt erzählen wollen, aber es schien nie einen Moment gegeben zu haben, in dem nicht irgendetwas anderes passiert war. „Mindestens sechs Wochen. Vielleicht mehr.“

„Ist das das Projekt, über das ihr beim ersten Abendessen nach meiner Rückkehr gesprochen habt?“

„Ja, genau das. Erinnerst du dich an das Haus gegenüber von Meg?“

„Das mit der fehlenden Bibliotheksleiter?“

Irgendwie hatte er gewusst, dass das der Teil sein würde, an den sie sich am meisten erinnern würde. Die Bibliothek. „Ja, genau das. Ich habe es von der Besitzerin gekauft.“

Ihre Augen weiteten sich. „Wirklich?“

„Ich wusste, dass wer auch immer es zu diesem Schnäppchenpreis kauft, einige dieser alten Räume nicht restaurieren würde. Vor allem nicht die Bibliothek. Mit der wachsenden Beliebtheit von E-Readern und Internet-Suchmaschinen haben die Leute einfach nicht mehr so viele Bücher zuhause wie früher. In einigen Städten sterben sogar öffentliche Bibliotheken aus.“

„Ich weiß. So traurig.“

„Jedenfalls dachte ich, dass es vollständig restauriert, vielleicht den richtigen Käufer anziehen würde. Also einigten sie und ich uns auf einen für den aktuellen Zustand fairen Preis, und ich machte eine kleine Anzahlung."

„Oh. Du hast also vor, es weiterzuverkaufen?"

Das hing von so vielen Dingen ab. „Vielleicht." Er blieb stehen. „Möchtest du reinkommen und es dir ansehen?"

Ihr Blick wanderte durch den Vorgarten. Er hatte kaum Zeit gehabt, viel mehr zu tun, als die Überwucherung in Angriff zu nehmen, aber das allein hatte den ersten Eindruck enorm verbessert. „Das würde ich sehr gerne."

Das Erklimmen der Vordertreppe zu der breiten Veranda ließ Valerie vor Freude fast durchdrehen. Man könnte denken, es wäre ihr neues Haus, auf das sie einen Blick werfen würde.

Morgan zog den Schlüssel aus seiner Tasche und drehte ihn im Schloss um. Die große Holztür mit dem typischen Glasfenster öffnete sich.

„Das ist nur eine Grundierung."

„Ohne die schmutzigen Wände wirken die Decken viel höher."

„Als erstes habe ich die Verkabelung im Erdgeschoss erneuert, dann den Putz abgekratzt, geschliffen und die rauen Stellen ausgebessert."

„Wow. Das ist viel Arbeit. Wie lange ist es her, dass du es gekauft hast?"

„In der Woche, in der du nach Kalifornien zurückgekehrt bist."

Sie nickte. Er hatte also mehrere Wochen Zeit gehabt, daran zu arbeiten, bevor sie ihn wieder in Beschlag genommen hatte, um die Pilotfolge zu filmen. „Es sieht wirklich schön aus."

„Mit einem frischen Anstrich wird es noch schöner

aussehen. Etwas Helles, aber nichts so Steriles wie einfaches Weiß."

„Ja. Ich denke, du hast recht."

Langsam begutachtete sie die verschiedenen Räume im Erdgeschoss, und genau wie beim ersten Mal, als sie das Haus gesehen hatten, war die Bibliothek ihre letzte Station.

Morgan öffnete die Doppeltür und trat zur Seite.

„Wow." Sie wusste, dass ihr Mund offenstand, konnte sich aber nicht dazu durchringen, ihn zu schließen. Jeder Zentimeter Holz glänzte im Licht der Deckenbeleuchtung. „Einfach wow."

„Es war ziemlich viel Schleifarbeit nötig gewesen. Ich habe drei Schichten Polyurethan aufgetragen. Diese Teile sollten auch in den kommenden Generationen so schön bleiben."

Langsam fuhr sie mit der Hand über die glatten, leeren Regale. „Das ist großartig." Sie trat vor ein anderes Regal, auf dem mehrere Bücher standen, und nahm sich eine Minute, um die Buchrücken zu lesen. Biografie der Windsors, Paul Newman.

„Ich dachte, da du Liebesromane und Biografien magst, willst du dir vielleicht ein oder zwei Bücher über wahre Liebe ausleihen."

Sie zitierte Paul Newman: „Warum Hamburger essen gehen, wenn man zu Hause ein Steak hat."

„Schlauer Mann." Morgan lächelte.

Auf einem anderen Regal standen Mystery- und Wohlfühlromane, und sie fragte sich, woher dieser Mann sie so gut kannte. Offensichtlich hatte sie ihm ihren Geschmack mitgeteilt, und er hatte es sich gemerkt, um es bei Bedarf nutzen zu können. Sie ging weiter durch den Raum und las vereinzelte Buchrücken eines Bücherregals, als ihr Arm gegen die Wand stieß. Als sie nach links schaute, war dort jedoch keine Wand. Sondern eine Leiter. „Ich hasse es, mich ständig zu wiederholen, aber wow. Es kommt mir vor, als wäre ich gestorben und in den Bücherhimmel gekommen."

Er lehnte an einer Bücherwand, beobachtete sie mit verschränkten Armen und lächelte.

Und da sah sie es. Fast die gesamte Wand war mit Büchern gefüllt. Dieselbe Wand, von der sie ihm gesagt hatte, dass sie sie mit Liebesromanen füllen wollte. Ihr Herz machte einen Satz und sie bewegte sich vorwärts. Fast hatte sie Angst vor dem, was sie finden könnte oder nicht. „Du hast dich erinnert."

Nur sein Kopf bewegte sich. „Ich habe mich erinnert. Die Frauen haben geholfen."

Sie zog den ersten Buchrücken heraus, den ihre Finger berührten. „Einer meiner Lieblingsautoren."

„Also gefällt es dir?"

Sie hielt das Buch dicht an ihr Herz und drehte sich zu ihm um. „Ich liebe es."

Er breitete seine Arme aus, trat nahe an sie heran und steckte eine lose Haarsträhne hinter ihr Ohr. „Das hatte ich gehofft."

Sie fand keine Worte und konnte kaum nicken. Die Intensität seines Blicks durchdrang sie bis in ihre Zehen.

„Wenn ich etwas Dummes sagen würde, wie *Ich liebe dich*, würdest du dich dann umdrehen und wegrennen?"

Sie schüttelte den Kopf und schaffte es zu murmeln: „Nicht dumm."

„Gut." Er steckte die gleiche Haarsträhne noch einmal hinter ihr Ohr. „Weil ich dich liebe."

Seine Lippen berührten ihre mit der gleichen Wärme und Zärtlichkeit wie beim letzten Mal. In all den Wochen, in denen sie getrennt auf die Zustimmung für die Pilotfolge gewartet hatten, hatte die Erinnerung an diesen einen Kuss ihr Herz erwärmt und sie hoffen lassen. Als er sich sanft zurückzog und ihre Hand in seine bettete, gelang es ihr, die Lippen zu bewegen. „Ich liebe dich auch."

„Bedeutet das, dass wir die Bibliothek behalten?"

Sie hatte keine Ahnung, wie sie das bewerkstelligen sollte, aber einer Sache war sie sich sicher. Sie wollte es unbedingt. Sie senkte einmal ihr Kinn an ihre Brust und richtete ihren Blick wieder auf seinen. „Verdammt, ja."

EPILOG

„Wie spät ist es?“ Valerie klopfte auf ihre Taschen.

„Wenn du dein Telefon suchst“, Tante Eileen saß in ihrem Lieblingssessel, hob den Arm und zeigte mit dem Finger auf einen Tisch in der Nähe, „es ist hier drüben.“

Während des gesamten Abendessens war Valerie so zappelig gewesen wie die sprichwörtliche langschwänzige Katze in einem Raum voller Schaukelstühle. Man könnte meinen, sie hätte noch nie in ihrem Leben eine Reality-TV-Show produziert.

Morgan streckte seinen Arm aus, nahm ihr Handy und klopfte auf den Platz neben ihm. Sobald Valerie auf dem gepolsterten Sofa gelandet war, rollte sie sich an seine Seite und legte ihren Kopf auf seine Schulter. „Die Show beginnt erst in etwa fünfundvierzig Minuten. Glaub mir“, Morgan beruhigte sie mit einem Kuss auf die Schläfe, „niemand wird uns die Premiere verpassen lassen.“

„Sagt mir jemand noch einmal, welchen Namen sie für die Show gewählt haben?“ Tante Eileen scrollte durch den TV-Guide.

Val sank tiefer in Morgans Seite und rief: „Ghost Town Fixer.“

„Oh, wie originell.“ Tante Eileen verdrehte die Augen.

Der gesamte Clan war im Farraday-Haus zusammengekommen, um sich die Premiere der Construction Cousins auf dem neuen größeren Fernseher anzusehen, darunter auch der Großteil der Oklahoma-Farradays. Nun ja, bis auf ihre Eltern. Neil wünschte immer noch, er hätte eine Ahnung, was diesen Keil zwischen die beiden Äste desselben Baumes getrieben hatte.

Von seinem Platz aus hatte er nahezu jeden in seinem Blick. Es gab etwas an diesem Ort, das Liebesglück zu verbreiten schien. Kein Paar im Raum schien, sich auch nur die geringsten Sorgen zu machen. Nicht dass er glaubte, alle Paare würden hundertprozentig miteinander auskommen, außer vielleicht Morgan und Valerie. In keiner einzigen Minute, die die beiden mit Neil und den anderen Brüdern verbracht hatten, hatten sie auch nur halbwegs so ausgesehen, als wären sie nicht unsterblich ineinander verliebt. Wenn er die ganze Energie, die zwischen seinen Cousins und deren Frauen herrschte, auffangen könnte, wäre er der reichste Mann der Welt.

„Oh, schaut!" Grace saß kuschelnd mit ihrem Mann auf dem Sofa und zeigte auf den Fernsehwerbespot für die erste Folge. „Meine Güte, du bist ein robuster Kerl."

Morgan zeigte ebenfalls auf den Fernseher, blickte aber Valerie an. „Habe ich schon erwähnt, dass du auf dem Pferd großartig aussiehst?"

Mehrere Stimmen im Raum antworteten ziemlich lautstark mit *Ja*, kurz bevor der Raum in Gelächter ausbrach.

Brooks beugte sich vor. „Wer erinnert sich daran, Megs Bed-and-Breakfast gestrichen zu haben, als sie und Adam noch gedatet haben?"

„Oh mein Gott, erinnere uns nicht daran." D.J. verdrehte die Augen.

Adam blickte seinen jüngeren Bruder mit hochgezogenen Augenbrauen an. „Wer im Glashaus sitzt …"

Es ließ sich nicht bestreiten, dass alle Paare im Raum, einschließlich Onkel Sean und Tante Eileen, wirklich und hoffnungslos ineinander vernarrt waren.

Als Valerie sich nach vorne beugte, glitt Morgans Arm schützend von ihrer Schulter bis zu ihrer Taille. „Okay, es geht los."

Das Intro mit allen Brüdern und einigen unerwarteten komischen Einlagen wirkte pfiffig und unterhaltsam. Neil nickte. „So weit, so gut."

Die nächsten dreißig Minuten lang sahen sie zu, wie das alte Handelszentrum wieder zum Leben erwachte. Von staubigen, abgenutzten Regalen zum glänzenden, sauberen Interieur, das voll bestückt war, mit allem, was die Gegend zu bieten hatte.

„Das war wirklich eine geniale Idee." Tante Eileen stand auf. „Ken Brady erzählte mir, dass die Wochenendverkäufe ihrer Weine im Handelszentrum sogar die Verkaufszahlen auf ihrem Weingut übertreffen."

„Sarah Sue hat ihre Marmeladenproduktion ebenfalls gesteigert." Becky folgte der älteren Frau in die Küche. „Wer hätte gedacht, dass so viele Touristen hier vorbeikommen."

„Sie brauchten nur einen Grund, um anzuhalten." D.J. legte seinen Arm um die Schulter seiner Frau.

Einer nach dem anderen, versammelten sich die Paare in der Küche an dem riesigen Tisch und vergruben sich in ihrem Lieblingsdessert. Es waren Morgan und Valerie, die Neils Aufmerksamkeit auf sich zogen, während er gerade auf ein Stück von Tante Eileens berühmtem Blaubeerkuchen einstach. Die beiden waren nicht vom Sofa aufgestanden. Er konnte nicht genau hören, was sie zueinander sagten, aber die Tatsache, dass ihre Blicke fast untrennbar miteinander verbunden zu sein schienen, verriet ihm, dass es sich um etwas Ernsteres als die Frage, ob Kuchen oder Eis zum Nachtisch, handelte. Die sanfte Art und Weise, wie Morgans Daumen ihre Hand streichelte, hatte Neil hypnotisiert, bis plötzlich Valeries Arme um den Hals seines Bruders flogen und der süße Moment zu einer ganz privaten Angelegenheit wurde.

Neil richtete seine Aufmerksamkeit auf die anderen Brüder, die lachten und einander wegen wer weiß was neckten, und bekam das starke Gefühl, dass es bald die offizielle Ankündigung geben würde, dass Valerie ihre Schwägerin sein würde. Sein Blick wanderte von einem Bruder zum anderen und er fragte sich, wen es als nächstes erwischen würde. Denn er wusste so sicher, wie sein Name Neil Francis Farraday war, dass sich eher früher als später ein weiterer Oklahoma-Farraday zu den Reihen der glücklich vernarrten Farradays gesellen würde.

EXCERPT: NEILS FAKE DATE

Das war eine wirklich dumme Idee. Nora Brown starrte auf den Bildschirm vor sich, während ihr Finger über der Eingabetaste schwebte, die ihre Antwort durch den Cyberspace senden würde.

„Geht es dir gut?" Brooks Farraday warf eine Patientenmappe in die Ablagebox. „Du siehst um die Kiemen herum ein wenig grün aus."

„Wirklich? Ich fühle mich gut." Sie könnte kein ernstes Gesicht aufsetzen, selbst wenn sie es versuchen würde. Die Tatsache, dass sie irgendwo zwischen Angst und Jubel schwankte, war wahrscheinlich ein Faktor, der zu ihrem Brechreiz beitrug.

Brooks runzelte die Stirn, bevor er es abtat und zum Untersuchungsraum Zwei ging, wo die Montgomery-Drillinge zu ihrer jährlichen Untersuchung warteten.

Sie hielt ihren Finger erneut über die Tastatur und betrachtete das Foto auf dem Bildschirm. Nettes Gesicht. Nichts Besonderes. Nichts Beängstigendes. Einfach ein weiteres nettes Gesicht. Ted war der erste Kandidat gewesen, der ihre Aufmerksamkeit erregt hatte. Fast einen Monat lang hatten sie Nachrichten ausgetauscht. Sie waren nichts Besonderes gewesen, aber sie hatte sich auf jede einzelne Kommunikation gefreut. Der kleine Flirt im Internet war das, was für sie seit dem College am nächsten an eine feste Beziehung herangekommen war.

Obwohl sie es nie für möglich gehalten hätte, fühlte sie sich, als hätte sie ihre besten Jahre bereits hinter sich. All ihre Freundinnen waren glücklich verheiratet und bekamen nun Babys, und das Kartenspiel im Ladies-Club am Samstagnachmittag war der aufregendste Teil ihrer Woche. Vermutlich sollte sie mit dem Stricken beginnen und sich ein paar Katzen zulegen. Aber das war in ihrem Alter das Dümmste, von dem sie je gehört hatte. Da in Tuckers Bluff keine guten Aussichten herrschten, hatte sie auf das Internet zurückgegriffen und sich auf die Suche nach einem Date gemacht. Nicht zu weit von der Stadt entfernt, aber auch nicht zu nahe. Es hatte keinen Sinn, sich in Tuckers Bluff umzusehen, und so konnte sie es vermeiden, zum Stadtgespräch zu werden, weil sie online nach einem Mann suchte. Auf diese Weise hatte sie Ted gefunden. Sie war sich nicht ganz sicher, was schiefgelaufen war, aber die Kommunikation war langsamer geworden und schließlich ganz abgebrochen. Das hatte sie zum nächsten netten Gesicht geführt, Brandon.

Zumindest waren seine E-Mails unterhaltsamer gewesen. Als Consultant reiste er viel, was sie nicht vom Hocker riss, aber er hatte einen tollen Sinn für Humor und es gefiel ihr, wie leicht er sie zum Lachen bringen konnte. Am Ende scheiterte auch diese potenzielle Beziehung. Sie begann sich zu fragen, ob mit ihr wirklich etwas nicht stimmte. So viele Dating-Apps und so wenig Erfolg. Aber welche andere Wahl hatte sie? War es das Risiko, erneut geghostet zu werden, wert? *Vielleicht.*

Nun saß sie hier und blickte auf ein weiteres nettes Gesicht auf ihrem Bildschirm. Ein Verkäufer von gebrauchtem Laserequipment, der bereit für eine Beziehung von Dauer war. Im Gegensatz zu den anderen wollte er sie persönlich treffen. Hier. In

Tuckers Bluff, obwohl er in Butler Springs lebte.

Wenn sie zustimmte, würde ihr Date zum Klatschgespräch der nächsten Tage werden, egal wie es verlief. Jeder würde wissen, dass sie auf Online-Dating zurückgegriffen hatte, um einen Mann zu finden. Und nicht irgendeinen Mann, sie suchte einen Seelenverwandten. Egal, wie oft sie sich selbst sagte, dass Dating-Apps heutzutage die Norm waren, dass jeder es täte – zum Teufel, sie kannte sogar ein paar Leute, die praktisch süchtig nach diesen Apps waren –, tief in ihrem Inneren wollte sie immer noch, dass ihr Ritter in glänzender Rüstung auf einem mächtigen Ross daherritt, sie aus der Menge hervorstechen sah, sich unsterblich in sie verliebte und sie einfach umhaute.

„Du siehst aber bildhübsch aus." Für jemanden, der einen Termin beim Arzt vereinbart hatte, weil es ihr sehr schlecht ging, stand Nadine Peabody furchtbar gut gelaunt an der Rezeption.

„Danke schön." Obwohl Nora wusste, dass Nadine das wahrscheinlich zu jedem gesagt hätte, der an der Rezeption saß, war sie dennoch dankbar für die kleine Steigerung ihres Selbstwertgefühls. „Fühlen Sie sich besser?"

Das Lächeln der Frau verschwand und sie griff nach der nahegelegenen Wand, um sich abzustützen. „Nicht wirklich."

„Nun, nehmen Sie Platz, der Doktor wird in Kürze bei Ihnen sein." Nora hatte keine Ahnung, ob die Frau sich nichts anmerken ließ oder sich selbst überzeugen wollte. So oder so war es ihre Aufgabe, dafür zu sorgen, dass sich die Patienten wohlfühlten, bis Brooks sie untersuchen konnte.

„Du bist immer so nett." Nadine schüttelte den Kopf und seufzte. „Ich verstehe nicht, warum dich noch kein guter Mann gefunden hat. Kluge *und* hübsche Frauen gibt es nicht alle Tage."

„Das ist lieb von Ihnen."

„Lieb für den Arsch." Nadine lehnte sich in einem Wartezimmerstuhl zurück und lächelte. „Merk dir meine Worte. Eines Tages wird ein Mann mit etwas gottgegebenem Verstand kommen und erkennen, was für ein Schatz du bist, und dir nicht mehr von den Fersen weichen."

Nora war sich nicht so sicher, ob es politisch korrekt war, von möglichem Stalking zu sprechen, aber Nadine hatte recht. Sie war ein echter Hingucker und jeder Mann sollte erfreut sein, wenn sie sich für ihn interessierte. Und was war schon dabei, wenn ihr Ritter in glänzender Rüstung sie im Internet finden würde? Es gab keine Regel, dass das Schicksal – oder ein Hundepaar – jemandem seinen Seelenverwandten vorstellen musste.

Sie nickte und las die Nachricht, die sie geschrieben hatte, noch einmal. Die Stimme ihrer Mutter wiederholte in ihrem Kopf: *Wirf die Flinte nicht gleich ins Korn*. Aller guten Dinge waren drei. Aber bei ihrem Glück war *Strike drei, du bist raus* wahrscheinlicher.

„Es gab eine geringfügige Planänderung", drang durch Neil Farradays Telefon.

Seitdem Neil und seine Brüder dieses verrückte Reality-TV-Projekt übernommen hatten, war Planänderung zu einem festen Bestandteil seines Wortschatzes geworden. Da nur eine Episode abgedreht war, lagen sie mit dem Rest der Staffel hinter dem Zeitplan. Er konnte keine weitere Planänderung gebrauchen. „Erörtere *geringfügig*."

„Also." Sein Bruder Owen räusperte sich. Das war nie ein gutes Zeichen. „Die Schwestern wurden von einem Produzenten angesprochen."

Neil warf einen Blick auf die Uhr im Armaturenbrett. Tuckers Bluff war noch etwas mehr als dreißig Minuten entfernt.

„Wusstest du, dass es direkt außerhalb der Stadtgrenzen von Sadieville mindestens drei verlassene Gehöfte gibt – also, die noch stehen?"

„Bis jetzt nicht." Er verstand auch nicht, was das mit den Plänen des Senders zur Sanierung einer Geisterstadt zu tun hatte oder warum die Produzenten mit den Eigentümerinnen der Sisters Boutique und des Sadieville Parlour House sprechen würden.

„Obwohl nur eine Folge ausgestrahlt wurde, sorgt die Show für viel Aufsehen."

Das wusste er. Der Sender war von den Einschaltquoten der Testfolge von *Ghost Town Fixer* so begeistert gewesen, dass er sich entschieden hatte, den Seriennamen für den Fall zu ändern, dass die Serie länger lief, als die Stadt über Gebäude verfügte. Die Promos für die nun in *The Construction Cousins* umbenannte Serie waren in vollem Gange und lösten in der Öffentlichkeit einen regelrechten Hype aus.

„Valerie im Namen der Produktionsfirma, die Schwestern, einige Farradays –"

„Inklusive dir?" Das war eigentlich keine Frage.

„Morgan, Ryan und ich hatten heute Morgen zusammen mit dem Stadtrat von Tuckers Bluff eine Sitzung über die Zukunft von Sadieville. Um es kurz zu machen –"

Wenn dies kurz war, wollte er die lange Version nicht hören. Zumindest nicht ohne einen bequemen Stuhl, ein großes Bier und gute Musik im Hintergrund. „Gibt es eine Chance, dass du es noch kürzer machen kannst? Ich bin fast in der Stadt."

„Ja. Aufgrund des Interesses der Entwickler an Sadieville haben Valerie und ich eine Idee vorgestellt.

Sie war ein Hit. Ich habe mit Val und Morgan eines der alten Häuser außerhalb von Sadieville besichtigt. Dabei brach unser geliebter Bruder Morgan durch den Boden und erschreckte seine Frau fast zu Tode. Er hat einen gebrochenen Knöchel.“

„Was? Damit hätte das Gespräch beginnen sollen.“

Owen kicherte. „Ich hatte ein gefesseltes Publikum. Es war sinnlos, mich zu beeilen.“

„Komiker. Wie schlimm steht es um seinen Knöchel?“

„So schlimm, dass Morgan in naher Zukunft seinen Hammer nicht mehr schwingen wird.“

Das Klirren seines College-Rings auf dem Hartplastik seines Lenkrads hallte in der kleinen Kabine seines Pickups wider. „Verdammt.“

„Ich hoffe, du hast deinen Werkzeuggürtel mitgebracht.“

„Mache ich das nicht immer?“ Er war einer der wenigen Architekten, die er kannte, der fast genauso oft einen Hammer schwang wie einen Bleistift, wenn sein Clan Hilfe benötigte.

„Gut, denn du hast Zeit, bis das Filmteam nächste Woche eintrifft, um die Pläne für den Umbau eines der Gehöfte fertigzustellen.“

„Gehöfte? Was ist mit dem Hotel passiert?“ Er hatte Wochen damit verbracht, die Pläne zu zeichnen und zu überarbeiten, bis alle, vom Sender über die neuen Eigentümer bis hin zu den Produzenten und dem Stadtrat, zustimmten. Größtenteils.

„Das wurde auf später verschoben“, sagte Owen. „Das Spa wird die Folge danach gemacht. Wir brauchen auch –“

„Was auch immer es ist, du kannst es mir persönlich sagen. Ich nähere mich der Stadtgrenze.“

„Gut. Hast du schon gegessen?“

„Ja, Mutter.“

„Nicht lustig", erwiderte Owen ausdruckslos. Ihre Mutter war in letzter Zeit häufiger Ausgangspunkt von Streit gewesen. Sie war nicht allzu glücklich darüber, dass ihre Söhne so viel Zeit in Tuckers Bluff verbrachten. Was bei einer Frau, die ihnen eingetrichtert hatte, dass nichts wichtiger wäre als die Familie, überhaupt keinen Sinn ergab. „Morgan und Valerie sind bereits im O'Fearadaigh's. Anstatt den ärztlichen Anweisungen zu folgen und nach Hause zu gehen, um sich auszuruhen, verbringt er seine Zeit hier. Aber zumindest liegt sein Fuß auf einem gepolsterten Stuhl. Ich habe mich einfach rausgeschlichen, um dich in aller Ruhe anzurufen."

„Okay. Wir sehen uns in ein paar Minuten."

„Bis gleich."

Der Anruf wurde unterbrochen und Neil ließ sich Zeit, die Main Street entlangzufahren. Wie die Familie seiner Cousins waren auch die Oklahoma Farradays Viehzüchter gewesen, aber im Laufe der Zeit hatte sich sein Zweig des Clans in eine andere Richtung orientiert. Als sie heranwuchsen und einer nach dem anderen aus dem Viehgeschäft ausstiegen und klar wurde, dass keiner von ihnen das Familienunternehmen übernehmen würde, verkaufte sein Vater nach und nach das Land, verpachtete einige der Weiden an benachbarte Viehzüchter, und gründete auf dem verbleibenden Teil des Landes, das er für die Familie behalten hatte, zur Überraschung aller eine Weihnachtsbaumplantage. Eine noch größere Überraschung für alle, insbesondere für seine Mutter, war, dass die Idee tatsächlich jedes Jahr Gewinn einbrachte.

Sein Telefon klingelte erneut und er überlegte einen Sekundenbruchteil, ob er seine Mutter auf die Voicemail umleiten sollte. Er liebte die Frau genauso sehr wie jeder andere ihrer Söhne, vielleicht sogar mehr, aber sie war überhaupt nicht erfreut darüber, dass er auf dem Weg zurück nach Tuckers Bluff war, und schien sich keine Mühe zu geben, ihre Gefühle zu verbergen. „Hallo, Mom."

„Bist du schon da?"

„Ich fahre gerade in die Stadt."

Es folgte ein Moment der Stille. „Ich habe versucht, deine Brüder anzurufen. Sie sind nicht erreichbar."

Mist. Die Frage war nun, ob er ihr von Morgan und der Planänderung erzählen wollte. Er parkte sein Auto vor dem Pub seines Cousins Jamison. „Tut mir leid, Mom, ich gehe gleich ins Pub. Ich sage Morgan oder Owen, sie sollen dich anrufen."

„Ins Pub", spottete sie. „Typisch. Egal. Ich werde morgen mit ihnen reden. Pass auf dich auf und komm schnell nach Hause."

„Ich werde mein Bestes geben." Eine Runde *Ich liebe dich* wurde ausgetauscht, und Neil verschwieg die Info, dass er aufgrund der geringfügigen Planänderung viel länger in Texas bleiben würde, als seiner Mutter lieb war. Natürlich war schon eine Minute in Texas mehr, als seiner Mutter lieb war.

Er sprang aus seinem Truck auf den harten Beton und rollte seine Schultern und seinen Nacken, bevor er den großen pelzigen Hund neben dem Gebäude entdeckte, der ihn anstarrte. „Gray?" Neil bahnte sich langsam den Weg zu der Stelle, an der der Farraday-Hütehund fast wie ein Gargoyle Wache zu stehen schien. Als er ihn erreichte, streckte er seine Hand nach unten und wiederholte den Namen des Tieres, und war erleichtert, als der pelzige Schwanz hin und her schwang. „Du bist es. Mit wem bist du denn mitgefahren und wissen sie, dass du hier bist?" Er nahm sich eine Minute, um nachzusehen, ob ein Ranch-Truck in der Nähe stand, während er den Hund unter dem Kinn kraulte. „Ich schätze, wenn du so lange gewartet hast, wirst du auch noch etwas länger bleiben." Er trat zurück, riss die große hölzerne Kneipentür auf und ging hinein.

Da es schon kurz nach Abendessenszeit war, herrschte im Lokal ein reges Treiben. Nur wenige Tische waren leer. Eine Handvoll Paare machte zu angenehm lauter Musik die Tanzfläche unsicher, während die restlichen Gäste in ihre Gespräche vertieft waren. Bis auf einen Tisch. Etwas abseits saß eine einsame Frau mit schulterlangen dunklen Haaren und blickte zu ihm auf. Für einen kurzen Moment trafen sich ihre Blicke, und selbst in diesem trüben Licht zogen ihn ihre großen braunen Augen an und ließen ihn für einen Moment wie betäubt erstarren. Fast wie das sprichwörtliche Reh im Scheinwerferlicht. Ein Anflug von Enttäuschung flackerte auf, als sie den Kopf senkte und ihre Hand langsam über ein großes, fast leeres Getränk strich.

Verschiedene Szenarien, was eine so hübsche Frau dazu veranlasst haben könnte, allein in einem Pub einen Drink zu sich zu nehmen, gingen ihm durch den Kopf. Die meisten davon gefielen ihm gar nicht.

„Wenn du deine Brüder suchst, sie sind in der gegenüberliegenden Ecke." Abbie, Jamisons Frau, tippte ihn an der Schulter an.

Er brachte es nicht über sich, seinen Blick von der brünetten Frau abzuwenden, aber er lehnte sich zu Abbie und senkte die Stimme. „Was hat es mit dem Mädchen auf sich?"

Es dauerte einen Moment, bis Abbie ihren Blick in die gleiche Richtung richtete. „Nora?"

Diesmal drehte er sich um, um sicherzustellen, dass sie dieselbe Person ansahen, bevor er nickte.

„Nicht sicher." Sie runzelte die Stirn. „Ich hatte den Eindruck, dass sie auf jemanden wartet, aber sie ist schon etwas mehr als eine Stunde hier und trinkt immer noch dasselbe. Wenn ich es nicht besser wüsste, würde ich sagen, dass sie versetzt wurde."

„Besser wissen?"

„Zum einen kann ich mich nicht erinnern, wann ich sie das letzte Mal auf einem Date gesehen habe."

„Wirklich?" Das ergab für ihn überhaupt keinen Sinn.

Abbie nickte. „Nette Mädchen sind nicht immer die beliebtesten. Abgesehen davon, wenn sie ein Date mit jemandem hier in Tuckers Bluff hätte, *irgendjemandem* hier in Tuckers Bluff, glaub mir, dann wüsste die halbe Stadt noch vor ihr selbst davon. Und es wäre das Klatschgespräch des Tages gewesen."

In den letzten Monaten hatte er genug Zeit auf der Ranch seines Onkels verbracht, um zu wissen, dass Abbie ganz sicher nicht übertrieb. „Sag meinen Brüdern, dass ich gleich bei ihnen bin. Oh, und wer auch immer heute Abend von der Ranch hierhergefahren ist, lass ihn wissen, dass Gray draußen steht."

„Gray?" Abbie seufzte. „Er streift wohl wieder umher. Wenn er noch da ist, wenn du fährst, würdest du ihn vielleicht mitnehmen?"

„Sicher." Sein Blick richtete sich wieder auf Nora und dann wieder zurück auf die Frau seines Cousins.

Abbie musterte ihn eine Sekunde lang, bevor sie träge mit den Schultern zuckte und sich umdrehte. Er hatte etwa fünf Sekunden Zeit, um sich zu entscheiden. Als sich ein Fuß vor den anderen setzte und der Abstand zwischen ihm und der Brünetten immer kleiner wurde, war er sich ziemlich sicher, dass sein Entschluss schon in zwei Sekunden festgestanden hatte. Die nächste Frage war, ob diese Entscheidung die klügste oder die dümmste war, die er je getroffen hatte.

ÜBER CHRIS KENISTON

Chris Keniston ist Autorin von vierzig zeitgenössischen Romanen und lebt mit ihrem Mann, zwei menschlichen Kindern und zwei Hundekindern in einem Vorort von Dallas. Obwohl sie beide Hunde gleichermaßen liebt, gibt sie zu, eine ganz besondere Bindung zu ihrem Deutschen Schäferhund aus dem Tierheim zu haben. Schließlich verdienen auch Hunde ein Happy End.

Auf www.chriskeniston.com erfahren Sie mehr über Chris Keniston und ihre Bücher.

Folgen Sie Chris' Montagsblog auf ihrer Website ChrisKenistonAutoren

Folgen Sie Chris auf Facebook unter ChrisKenistonAutorin